心解水浒

《水浒传》中的性格心理学

韦志中（国家心理督导师）◎著

台海出版社

图书在版编目（CIP）数据

心解水浒 / 韦志中著 . -- 北京：台海出版社，
2020.3
　　ISBN 978-7-5168-2523-5

　　Ⅰ . ①心… Ⅱ . ①韦… Ⅲ . ①《水浒》研究—人物评
论 Ⅳ . ① I207.412

　　中国版本图书馆 CIP 数据核字（2019）第 286396 号

心解水浒

著　　者：韦志中

出 版 人：蔡　旭
责任编辑：王慧敏　赵旭雯

出版发行：台海出版社
地　　址：北京市东城区景山东街 20 号　邮政编码：100009
电　　话：010 — 64041652（发行，邮购）
传　　真：010 — 84045799（总编室）
网　　址：www.taimeng.org.cn/thcbs/default.htm
电子邮箱：thcbs@126.com

经　　销：全国各地新华书店
印　　刷：天津旭非印刷有限公司
本书如有破损、缺页、装订错误，请与本社联系调换

开　　本：880 毫米 × 1230 毫米　1/32
字　　数：151 千字
印　　张：7
版　　次：2020 年 3 月第 1 版
印　　次：2020 年 4 月第 1 次印刷
书　　号：ISBN 978-7-5168-2523-5
定　　价：49.80 元

前言

编写这本书的目的是解读心理学的智慧，为我们今天的生活、工作做指引，给我们的现实生活带来启发，为我们遇到的具体问题提供解决方案。

有一个成语叫作古为今用。古为今用、洋为中用，一直以来是心理学人，也是其他学科的专家一直在做的。这话最早是毛泽东提出的，毛泽东也喜欢读经典，而且他不但读，还评《三国》、评《水浒》，自己也经常引经据典。也就是说，为什么名人、伟人能在讲话中提起经典？是因为他们不但读，还会加以拓展。我之前到山东孟府孟庙讲学的时候，看到有一个走廊，展板上面累计着习近平历次讲话中提到孟子的次数。孟府孟庙里展出的习近平讲稿当中，也提到过孟子的学说、孟子的思想。在其他地方，他也引用过很多经典。比如他也讲过《左传》《资治通鉴》里面的内容。记得他去韩国访问的时候，谈到关于交朋友的问题，他提到：以利相交，利尽则散。以势相交，势去则倾。惟以心相交，方成其久远。这也是传统经典里的内容。

这不是在"抖书袋"，也不是通过引经据典来体现自己的高大上。不论毛泽东也好、习近平也好，他们都从传统的经典中获得了深刻的感悟。在古代，是不分学科的，没有数学、化学这些学科，也不分文科理科，更没有心理学、社会学、教育学、哲学，基本上就是以儒家文化为主导。儒家的一位代表人物，心学的集大成者王阳明先生，他的前辈陆九渊就是研究心学，研究人的精神、意志世界。孔子则研究伦理学，但是又不完全是伦理学。梁肃民先生解读儒家经典《论语》，他说《论语》不是哲学，因为哲学是西方人的思想体系；也不是教育学；也不是伦理学。那它到底是什么学呢？他说这叫作"自己学"，是研究自己的一门学问。自己在成长中发现的规律，针对这些规律进行研究和探讨，总结出来，就变成了《论语》，这就是"自己学"。

过去的经典都包含了什么？涵盖面非常广，比如春秋战国时期百家争鸣，有各种各样的流派，包括兵家、法家、道家、农家等。比如农家讲究种地，提出了二十四节气，现在二十四节气已经被列为世界非物质文化遗产了。我们也出版过关于二十四节气的书。在传统文化中，蕴含着涉及人的生活发展、人类文明进步、科学技术等各方面的内容。就好比中医，它是一个包罗万象的学科，是道，是一门综合性的医学。西方并没有真正认识中医，而等到西医的不足之处渐渐显露的时候，中医的优势就体现出来了，为什么？因为它是一个综合的整体。这就是为什么说中华文化博大精深，因为它的内涵相互连接、贯穿纵横。

作为一名心理学工作者，我们要学习如何在传统文化和经典中发掘精华。如果我们能够发掘这些精华，并且加以利用转换，那就不得了了。对传统文化的发掘有三个层面：第一个层面是发掘整理，第二个层面是诠释转换，第三个层面是技术应用。

发掘整理由理论家来完成，他们在浩瀚的文化经典宝库中，一点一点地提炼出里面的精华，将它们编排出来。就像考古工作者，要慢慢用刷子、用小铲子把土剥开，再把文物一件一件码好，编好号，甚至把土层也分类标记，这就是发掘整理的过程。在这个过程中，理论家需要有很充足的经验，需要很大的能力。很多时候注重应用的心理学人看不起发掘理论的过程，但是没有这样的发掘整理、理论的加工，我们今天就不可能有应用背后的理论依据。

诠释转换，就是把经典著作本身的内容和其内涵重新进行诠释，也就是解读和诠释经典。诠释转换有两个方向：一个是经典注我，另一个是我注经典。前者是我们依据经典原来的样子，想尽一切办法去还原。比如经典的原文，有 16 种文献解释不一样，有多种角度的解释，那我们在诠释的时候，就把这 16 种以前的诠释全部展开，拿出来进行对比分析，得出一个最终的结论，提出新的诠释，或者去论证那 16 种诠释中自己最支持的一种。诠释转换也是一种有着应用思维和视角的理论家工作。从事这类工作的往往就是学院派，或是在科研院所里的实践派理论家，是以应用为主的。可是这个时候大家发现，诠释转换还不能够为我们所用。比如孔子说：学而时习之，不亦说乎。这个句子过去有人这样解释，说学习是快乐的；也有人那样解释，说实践是快乐的；还有人认为这句话是在说，沉浸在学习的海洋里是快乐的。一句话能有许多种解释，那么我们就可以把所有解读展开进行诠释。有人会问，别人怎么解释跟我有什么关系？提出新的诠释之后我又要怎么用？我是一个普通的中学老师，是教书的，我怎么能够让我的学生快乐呢？有了诠释而不知如何应用，这就是为什么我们需要有第三个层面——技术应用。

发掘整理和诠释转换都完成后，我们就要落地。什么叫落地？落地又要做什么呢？落地其实就是指做出一个具体的心理教育技术。学而时习之，我们带着学生学习一遍之后，让他们来表达他们在学习当中的体会。体会过程中，让他们去亲手操作，操作完之后让他们分享。我们把这个过程变成一个科学流程，然后就可以发展为一个心理教育的技术了。这样一来，学生们就可以感受到应用技术前后学习体验的差异。学生以前是对着书本使劲念、使劲记，学得既不舒服也不快乐，很闷。而现在，老师把自己教的知识转化为具体的技术，使用了新的教学技术，这样的效果和传统的教学是不一样的。在解读经典当中，一种方向是由上自下，另一种是由下自上。

在说这个之前，我要把刚才说的"经典注我，我注经典"解释完全。刚才我只说了一半，即"我注经典"，就是由我们去还原经典的真实含义，尊重真实，不能有任何主观性的猜测，不能凭借自己的感觉、用自己的假设去做文章。另一种就是陆九渊提出来的，我们可以根据自己的需要，来进行新的以需求为导向的转换和诠释。这就是古为今用的另一个方向了。

如果我们只是还原经典的真实面貌，那它对于我们的价值就大打折扣，虽然我们继承了，但是我们没有发扬。习近平主席在历次关于中国传统文化的讲话中都提到，我们要继承，还要发扬。我们要取其精华，去其糟粕。什么是去其糟粕？有一个词叫不合时宜，有人认为去其糟粕就是抛弃不合时宜的内容。当时的那种理论在当时的背景下是好的，但随着时间和空间的变化，到了现在这个背景下就不再适用了，我们要与时俱进。可是我的观点不同，我认为两种都要保留，古代背景下产生的那样的一种观念，一种理论，一种思想，一种方法，我们还是可以保留下来作为参考和借鉴，但这不意味着我们要去应用。我们不能简单地把它去掉，不能把它从教科书上删去，因为删去了就没有参照物了。

我重新解读陆九渊，提出了"经典注我，我注经典"的观点。发掘整理，就好比去一个墓穴进行考古工作，这个是谁的墓葬，里边有什么宝贝，是什么时期的墓葬，当时的工艺水平如何，这都是客观事实，容不得主观臆断。一上去就猜测，只粗略地观察就得出结论是行不通的。未经验证的猜测是不能作为结论的，这就是以理论为主导的工作。但若是以应用为主导，那应该怎么做？以解决实际的问题为导向，那就可以从"我注经典"的角度来工作了。"我注经典"是指我们根据自己的需要来注经典。如果说一个应用者，一个实践家，也遵循理论家的"经典注我"，那"我"就没有立身之地了。这也就是说，如果我们重复理论家的"之乎者也"，那我们早就饿死了。

像我们这种在社会上做心理学研究的人，自称为民间智库。智库有三种，国家智库、大学智库和民间智库。目前中国社会学科领域，国家智库是非常强大的，资源是最丰富的。至于大学智库，各个大学也有各种研究所，我们可以看到社会上的各种研究所、研究院一年发表的论文数量也是非常庞大的，研究成果也是非常丰富的。而民间智库的成就基本上为零。作为我们研究院的院长，我认为我们至少要有一些作品，做出一些实际的研究。我们作为民间智库，要着重于以应用为导向的研究。这就涉及由下至上和由上至下的视角。

由下至上是我们在实践中发现了一个问题，然后要去解决这个问题，这种角度就叫作由下至上。下就是下游，下游就是实用的、应用的，具体需要的，而上游则是源头。

我们既要站在下游看源头，又要站在源头看下游，也就是说除了由下至上，还要由上至下。有了这种整体思维才可以站在经典的世界里解读经典，不然你就只能片面地学习，不管三七二十一，有什么学什么。要有上游的思维，要有科学的、整体的思维，有了发掘整理理论的能力，你才不会乱来。这就是由上至下的重要性。要根据大众的需求，从理论出发，生产技术和应用，然后再从应用中总结经验，提炼为新的理论。专业的心理学人要有科学和整体的思维。

这是很重要的观点，为什么？因为我们在学界有来自学院派的批评，学院派的人认为专注于研究应用的人不够科学。而研究应用的人也往往容易过度自卑或自大，用这种过度的自我否定或肯定来进行自我保护。学院派的人认为应用派的技术只是个游戏、一种不科学的小把戏。这两个流派之间总是存在不可调和的分歧。但大家要理解的是，由下至上的应用派、由上至下的学院派，都是有自己的科学依据的。并不是说着重于应用和实践探索不科学，也不能说搞科学研究、发掘整理就没有实际意义。这两者都是有用的，有用则无用，无用之大用，这是庄子的思想里面早就讲过的，此一时彼一时，此时无用，他时有用。一块木头不会因为不能被用来做板凳而变得无用，它可能放在路边，一个过路人碰巧鞋上有泥，在木头上面把泥蹭去，你说它有没有用呢？如果用板凳去蹭鞋上的泥，反倒不合适，因为要把脚抬得老高，还未必能擦干净，但是用一块粗糙的木头，就能很轻易地蹭干净鞋上的泥。有用还是无用不是绝对的，我们要以道家的思想去辩证地看待。

我们可以总结一下解读经典的三个必要条件：

第一，从实际需求出发，自下而上地去解读和应用经典，这个是我们的主要方法和原则。

第二，我们要区分在经典中什么是有用的，什么是无用的。并不是说一部经典越著名就越有用，有用的经典要契合当下的环境与需求。作为学习心理学的人士，我们要从经典里吸收对我们有用的内容。

第三，我们不可断章取义。对于经典的解读非常多，但是人们会发现以往的解读里有很多断章取义的部分，会掺杂作者自己的思想，没有站在比较全面和足够客观的角度去思考。所以在我们的解读中，要以更全面的视角，而不是断章取义地解读。

我们的传统文化中，无论是积极的，还是一些已经跟时代脱节的观念，都是符合我们民族传统的心理历程的。这些历程能够为我们带来什么，能够为我们的生活服务什么，这都是我们在学习经典的过程中需要思考的。

每一个人都从自我需要、自我感受为出发点去学习的。不同的人学习了同样的东西，他们所接收到的信息，思考的角度是不一样的。这本书的第一章主要讨论了如何解读经典、解读经典的方法、解读经典的原则、解读经典的态度和解读经典时的注意事项。这样就可以使资历尚浅的人，对文化心理学，对理论心理学，对文艺、美育心理学没有太多了解的人，对这个领域产生初步的了解。但我要在这里强调，我们这本书对经典的解读是主观而不是客观的，为什么？因为我们是自下而上的，是从人们的需求出发，从心理学的角度去解读经典，这必然会导致一些不客观、不完全符合经典原意的情况。我们站在心理学的角度，以心理学的需要去解读传统的经典，是无法完全还原经典的。

这就涉及既要避免自己的主观意识，又要站在自己主观的立场考虑自身之需求的辩证思路。既然是心理学的视角，就和其他的视角不一样。而心理学也有多个视角，这个就是主观中的客观。比如，在《向〈西游记〉取育儿经》一书中，《西游记》是我主要的解读对象。而这一次我们主要解读《水浒传》。《水浒传》和《西游记》同属四大名著，我解读《西游记》的时候，是以成长的视角来解读。孙悟空从石头缝里蹦出来，到成佛的过程，这是他的成长过程。一讲到成长，就涉及心理学领域了。而成长和发展不可能和人格没有关系。所以对《西游记》的解读，就是把发展心理学里的内容，把人的发展过程和孙悟空从猴到佛的发展过程对应起来，找到其中的规律，再结合现代心理科学的研究原理，最后转换成为具体的指导思想、理念和方法。这便是《向〈西游记〉取育儿经》一书的由来。

我未来还计划撰写另一本书，和《向〈西游记〉取育儿经》是姊妹篇——《向〈西游记〉取心理成长经》，讲述的是唐僧而不是孙悟空的成长。孙悟空的成长是未成年人的成长经历；而唐僧是一个修行者，是想要让这个社会、让更多的人因佛法而受益的一个有追求的佛门弟子。那么他们的成长经历必然是有不同的。同样是讲成长，一个是通过孙悟空谈青少年儿童心理的成长和发展，一个是通过唐僧谈成人世界的心理成长，那么我们就可以针对一本《西游记》，以两种不同的视角来做诠释。

目　录

C O N T E N T S

/

001

目 录
CONTENTS

/

002

第一章
经典解读有妙招

　　我是怎么想到要从心理学的角度去解读《西游记》这本经典名著，又是如何从自我成长与修行的角度去解读取经的过程的？即使是主观地从心理学需求的角度出发，也是有客观成分的，因为我从多个维度去解读同一部经典，这样一来就相对客观了。我解读《西游记》有两个维度。如果说《向〈西游记〉取育儿经》是从发展心理学、教育心理学的角度去解读，那么《向〈西游记〉取心理成长经》，就是以咨询心理学、心理养生、心理成长、人格心理学的角度来做诠释了。

　　《西游记》里唐僧师徒要经历九九八十一难才能取得真经。有人认为八十一难有点多了，因为有很多都重复了，比如一些不那么重要的小妖怪，打它没有太大的意义。为什么要设置这些看起来无关紧要的关卡？并且《西游记》里有一些让人读起来云里雾里，不知所云的话，这又是为什么？人们之所以认为《西游记》中有很多多余的内容，是由于他们没有进行分类。走向灵山取得真经的过程，象征着一个人走进自己心灵世界的灵山的过程，我们心里也有一座灵山，这座灵山在我们的方寸之间。取经的过程就是通过历练成为自己、成为更好的人的过程。那么《西游记》里面的八十一难分为几类呢？

第一类就属于自我斗争，是降服心魔的过程。心魔是什么？第一个心魔就是孙悟空自己，因为孙悟空总是心猿意马，无法安定。民间有一句俗语：嘴上无毛，办事不牢。嘴上无毛是什么意思？不沉稳，还没有成为一个大人，还是一个小孩子。孙悟空心骄气躁，难成大事。每个人心中都有一个"心猿"，都有一个跳跃不定的自我。按照人格心理学的理论，这个自我是子人格。

既然我们说心猿意马，那么第二个心魔就是"意马"。白龙马象征着人心中的奔放和野性。这两个部分，管住了就能增强人的自我，管不住就变成心魔。这就跟王阳明先生说的"破山中贼易，破心中贼难"是一个道理。贼就是心魔，贼是从常人的角度说的，魔是从宗教的角度说的。

第三个心魔是人的本能，就像猪八戒，他在高老庄，见色起意，所以他也象征一种心魔。要是放在现代他已经违法被逮捕了，谈何修行和成长？人要控制自己的本能，但是控制并不意味着要完全否定本能，这是我们今天很多人做心灵成长失败的原因。人们总想要消除自己的需要，可是连如来佛祖都没有消除猪八戒，而是让唐僧收他为徒，叫他当二师兄，就说明八戒的地位很重要，不能简单地否定他。唐僧收他为徒，抵达西天之后猪八戒还被封为净坛使者，为什么要封他为净坛使者呢？是为了让他有东西吃。信徒上供的食物都给他吃，因此他也对这个身份相当满意。

八戒被唐僧收为徒弟，最终成为净坛使者，这个过程给我们的启示是，不要试图去消除人的本能。今天很多心理学人在做完全相反的事，不允许自己有私心，不允许自己有私情，不允许自己有委屈、悲伤、愤怒等负面情绪。结果太强烈的压抑让自己的问题越发严重，这时就很容易病急乱投医。我们可以参考唐僧的方式，他接纳了这个心魔，给它一定的自由，不完全压抑它。本能也是自己的一部分，人不要与自己为敌。

第四个心魔是沙僧。沙僧代表的是一个人的障，什么障？业障。业障是佛学的概念，可以简单理解为一个人痴迷，看不清，有点痴、笨。所谓一叶障目不见泰山，实际上这个世界上大部分人都是这种状态。就像沙僧总是任劳任怨，没有主见，仅有的台词也不过是"二师兄、大师兄，师父被抓走了"。这就好比很多人局限在自我当中，内心有一个阻碍灵光闪现的障碍，阻止我们变好的一个自我，你叫它做什么，它就去做，没有任何主见，对一切全盘接受。

以这四个徒弟为主题来进行分类，那么这就是八十一难中的第一类——降心魔，也就是人和自己斗争的过程。

第二类是和大自然斗争。树精、蜘蛛精、老鼠精、黄风怪等。我到新疆研究并重走了唐僧取经的路线，从哈密、吐鲁番那一段路坐火车，结果被告知因为刮大风，这趟列车要暂停行驶。能让火车停运的风有多大？这让我想到黄风怪。巧的是外边真的黄沙漫天，等了五六个小时，火车才重新开动。到了鄯善以后，我找了十几个地方都找不到宾馆，所有的宾馆都客满了，因为所有经过这里的人都住到这个县城里了。好不容易找到一个住处，我一打开电视就看到新闻正在报道这场大风。

在火车上的时候，我就产生了这样的念头：当初玄奘法师去西天取经，经过这里遇到了黄沙漫天行不了路，这就成了小说中黄风怪。那个时候他无法对付黄风怪，只有靠心中的力量，谁？孙悟空。因为人是难以跟自然抗衡的，只能从心里坚定自己的意志，在这里耐心地等。

在古代，科技不发达，现在我们科技这么发达了，甚至还有人定胜天的口号，可是人类最终战胜自然了吗？火车为什么还是要停运？这说明在大自然面前，我们还是要臣服的。而蜘蛛精代表的是危险的自然环境，实际上是在比喻取经的路上外部的自然环境，这个自然环境也是一种考验。但是这场考验不是要人去和自然对抗，而是要让人去锻炼自己的定力。国外有一位很出名的野外探险家叫贝尔，在野外生存时经常说的一句话就是：在遇到任何事情的时候，都要淡定，不要慌，只要永远不放弃希望你就能活下去。这个是不变的规律，信念是最重要的。

第三类是社会、名利。唐僧到达高昌古国，高昌王鞠文泰很欢迎他，希望他留下来，因为高昌全国信佛，只要他留下来就给他许多好处。这并不完全是虚构的，这是玄奘法师真实经历过的。根据他写的《大唐西域记》，国王让他在那里当国师，跟国王结拜兄弟，把整个王国分他一半，不让他向前走。于是他以绝食抗争，绝不向后而生。由于高昌国王也信佛，最后只能放他走，还附赠了丰厚的财物，一路上护送，让沿途国家关照。这是真实的历史。国王向玄奘提了一个要求，要他取经回来后在他的国家给他讲三年经，他答应了。原本玄奘回来的时候，有一条更为便捷的路可以选，但玄奘为了履行约定，决定沿着原来的路线走。走到一半，才听说高昌国被灭国了。因为高昌国夹在唐朝和匈奴之间，成了两国斗争的牺牲品，于是玄奘只能折返从南线回来。

有一位虚云法师，他为了报答父母的恩情，从浙江的普陀山开始，三步一叩头走了三年零一个月，一直走到五台山。在路上很多人跟着他，无论风霜寒暑，很多人跟他一起磕，磕着磕着，就有一些官员或者当地的善人希望他们留下来。最后所有人都在中途退出了，只有他自己一个人抵挡住了诱惑，到了五台山。所以说在现实社会中，要成为更好的自己，要面对的第三个挑战就是名利关。

我们已经讲了心魔关、自然关、名利关，过了这三关，还有一个情欲关。一个人总会有七情六欲。当唐僧在女儿国的时候，他难道没有一点心动吗？这四个关卡都关系到人性，对自然的恐惧，对金钱、名利的向往，这不都是人性吗？人不就是被这些东西所控制吗？

唐僧西行取经的过程即是成为一个更好的人的过程，而成为一个更好的人的就要过四关，这四关展开了就是九九八十一难。为什么安排九九八十一难？因为九九归一嘛。但是作者为什么不直接写唐僧过了四关，成了佛？为什么写得这么复杂呢？因为经典名著都有一个集体心理的具体体现。在说这个话题之前，我们继续讨论从主观到客观，以及从客观到主观的问题。

　　之前我通过解读《西游记》，从中取育儿经、取成长经，而这一本书则是解读《水浒传》。要从什么角度着手解读《水浒传》呢？从人格心理学来解读。把《水浒传》与人格心理学结合，也就是把人格心理学与传统经典融合，而《西游记》是发展心理学和育儿经的结合。假如解读的是《三国演义》，因为它跟军事战略团队合作有关，从我的视角来看，《三国演义》就要跟管理心理学结合。

　　如果说要从管理心理学的角度解读《三国演义》，那么解读《红楼梦》就要从婚姻家庭、情感、爱情、情绪出发，和情绪心理学、人之间的相互关系、心理上的互动结合。当初我通过《西游记》解读育儿经的时候，也没想到能解读心灵成长经。也许等到《向〈西游记〉取心理成长经》这本书出版之后，我会再去走玄奘取经路，过人生的四大关卡，体验火焰山、黄风怪。我们还可以向《西游记》取旅游经，可以结合《大唐西域记》，介绍沿途的地点。一本经典里有取不完的经。

　　经典中有很丰富的内容，但要做到古为今用。如果没有现代的视角和科学心理学的主线，解读就只是文学层面的解读，所以这本《向〈西游记〉取育儿经》既被归类为心理学，又被归类为文艺评论。如果缺乏科学心理学的视角，这本书就是文艺评论，有了科学心理学的内容，就会被归类为心理学。所以这是一个很好的结合，是一个发掘，是一个创新。

　　这本书对《西游记》的解读是主观的，它就是主观的内容。这个主观里的主，指的是心理学。而客观的是《西游记》原本的内容，来源于玄奘法师《大唐西域记》中真实的历史，这就是客观的部分。主观是根据心理学的视角，而不是我作为作者的主观。如果是一个旅行家去解读，旅行的知识就是他的主观；如果是一个数学家去解读，他就要算一路走了多少距离，这是他的主观。大家"各为其主"，我为的"主"是心理学的主。也就是说，我是想解读人格心理学，而不是《水浒传》。我原本是想解读金庸先生的小说，把小说中的人物列举出来分析他们的性格，看不同的性格如何影响他们的人生命运。性格决定命运，这是我在四五年前想写的主题。但现在我不仅仅是要写一本书，而是要进一步地诠释如何向经典学习，如何去解读、发掘和整理经典。即使不整理和发掘，至少也要知道理论家在干什么，理论是从何而来的，最后再转化为可以实际应用的技术。

任何一本经典的诞生，都有一个传奇的过程。一本经典不只是一个人的智慧，而是一群人、一个时代的人、一个空间背景下的人集体的心理体现。《西游记》被写出来之前，中国民间流传着很多传说，说书先生讲孙悟空、猪八戒的故事，讲各种妖魔鬼怪，最后才由吴承恩把这些传说整理撰写为《西游记》。《水浒传》也是如此，早期的时候，民间已经流传着这些故事的单行本，比如武松打虎、神行太保等。里面的人物其实早就有自己的故事了，有些故事甚至已经算是某个角色的人物传记了。

一本经典其实反映了那个时代的集体人物意识。所以这章内容我们主要讲解读经典的方法，如何解读经典，我们为什么解读经典，对我们的现实意义是什么，作为心理学工作者如何主观、如何客观，我们应该持有怎样的态度，应该用怎样的视角、坚持什么样的原则。以后心理学人再去读传统经典的时候，和其他人的思路是不一样的。一旦思路打开，你将看到更大的世界，这个价值是很大的。我们自己在读这些经典的时候，应该从哪些角度来读，我们要怎么样深入理解，这是我们作为心理学人应该要去思考的。

在学习一些经典的时候，从字面上读到的东西，第一感受是主观的感受。当我们深入读经典的时候，看到作者想表达的意思的时候，心理学人要从中提炼出一些心理学的内容，无论是跟发展有关还是跟情感、人格有关，要从经典中学到能够为我所用的东西。在对经典的解读中，应该要秉承一种创新和开放的思路。

还有一种思路是，在读经典的时候，不能光顺着主人公的思维投入，还要学会跳出来，看一下他为什么要这样做，为什么这样说，从心理学角度来分析一下，可能会感受更多一些。

文艺评论是评论文学作品中的句子、作者的心理，有时候一个字、一个句子就能给这篇文章画龙点睛。同样，我们心理学人在看这些东西的时候，更看重在现代的背景下去解读人们的心理反应，这个是非常重要的。人们都说"古为今用、洋为中用"。古为今用，古是传统，今是我们今天的需要。洋为中用，洋是现代心理科学，它起源于西方，而我们今天谈的人格心理学、社会心理学，各种著名的心理学实验都是源于西方的。我们要沿着二元的路线前进：一条是传统的路线，一条是科学的路线；一条是过去的路线，一条是现代的路线；一条是我们过去的故事路线，一条是现在的经典案例路线。

我们把现代心理科学、西方心理科学与传统文化结合，这不是为了谁陪衬谁。有人认为，我们是为了拿人家的科学研究来证明我们文化更优越，这是不对的。我们的目的只有一个，就是希望我们的工作能够满足当下社会的需要，社会中的人遇到的问题能得到解决。我们的目的很简单，就是运用古人的智慧，为人们当下的幸福生活保驾护航。这就是我们为什么要借鉴经典。

有了目标以后，这项工作就不再是个人的爱好，也不是为了哗众取宠，更不是为了成为科学的附庸、强调自己的科学性。这些都不是最重要的。就像我们做很多的事情不是为了我们自身的名声利益，而是为了我们所做的事情本身。一旦人的觉悟上升到这个高度，再去解读经典的时候就会有不同的体验。当然，前提是自己爱好、自己钻研、自己享受其中，才能实现自己解读经典的目的。

第二章
上梁山，真的是被逼的吗？

这一章我们开始心解《水浒》，正式揭开这本书的面纱。

说起《水浒传》，大家都不陌生，这本书跟《西游记》《三国演义》《红楼梦》一样家喻户晓。民间有这样的说法：少不看《水浒》，老不看《三国》。《水浒》里面斗争激烈，年轻人看了会学坏，容易被他人利用。很多十六七岁的青少年容易冲动，头脑一热，容易犯下错误，所以少不读《水浒》，是从民间的角度来说，这体现了《水浒传》的一些特质。

我们既然说过它的故事来自民间，是集体无意识的表现，那么首先它就有真实的历史背景。在宋朝末年，政府管理不善，同时由于封建制度的缺陷，在国家管理、法律法制、社会制度等方面得不到保障。也就是说当时的老百姓其实是通过传播梁山好汉的故事来抒发自己内心的不满。

首先有一个问题：梁山一百零八人都是好汉吗？不全是。比如周通、小霸王。所以我们要先定义一下什么是好汉。

这本书是要从心理学视角分析《水浒传》中角色的人格，但在开始之前，必须先谈谈态度和价值观的问题，也就是说要确定好汉和英雄的定义。有一些价值观是亘古不变的，是不能被混淆的。要定义什么是英雄好汉，首先要看这个人在行为上是否符合社会规范。如果说一个人违反社会规范，强抢民女、欺男霸女、鱼肉乡里，那这个人就不是英雄好汉。除了看行为，还要看一个人的人格。如果一个人很暴躁，很容易跟他人发生冲突，这是性格上的特质，并不代表一个人的人格。但是如果一个人经常做损人利己的事情，就属于人格层面的问题。这样的人就不能被称为好汉。

不能因为他们被逼上梁山，就认为他们做的事都是情有可原的。好比一个人被别人的狗咬了，不意味着这个人就要去反咬一口。也就是说，要分辨他们是否为真的好汉，首先不能对他们的行为进行错误归因，其次要看他们是否违背了人性的真善美。

很多读者会产生这样的疑惑：在《水浒传》中，有一位梁山好汉是做人肉包子、开黑店的，他还算不算是好汉呢？其实他开黑店的时候，是不剁人肉的，有自己的底线。他开黑店，更多的是反映了当时人吃人的黑暗社会，黑店实际上是社会矛盾的产物。人肉包子是一种隐喻，它反映的是政府的苛政和腐败。

孟子讲君主，他去见梁惠王、齐宣王的时候，他说率兽食人，即君王率着一帮猛兽去吃老百姓。这里的个人肉包子店，其实是作者在影射当时的社会环境。梁山好汉的原则就是劫富济贫，如果一个人杀的都是不义的人，这个跟梁山的价值观，跟小说的价值观，跟老百姓的期待是一致的。哪怕这个人还不是一个好汉，至少他不是一个孬种，不是一个败类。按照这个原则，如果做人肉包子那位也不算好汉，那么整个梁山恐怕也没几位能配上好汉这个名号了。因此要从当时的历史背景来解读，并且要以今天的价值观和人性观来衡量。

上述的衡量标准，总结起来就是：第一点是不为自己的行为找借口开脱，不要斤斤计较、以牙还牙。第二点是所做的事情不能违反人性。如果按照这个标准来判断，那么梁山里就有相当多的人不属于好汉。那么为什么梁山上有相当一部分人并不是真正的英雄，却被老百姓认为是英雄呢？

人在面对来自社会、外部的压力时，是有自己的应对方式的。当人受到不公正的待遇、刺激，被人攻击时，当社会中出现了正不压邪的现象时，人们自然会渴望正义。人们都说冬至大过年，为什么这么说呢？原因是过去我们曾经把冬至当成是一年的开始，后来才演变为将大年初一作为新年之始。那么冬至为什么是一年的开始呢？冬至后一九开始，一九开始就一阳生。什么叫一阳生呢？在寒冷之下隐藏的阳气开始慢慢生长了，一九生、二九生、三九生，一直生到九九就完全是阳了。所以实际上冬至是阳气的开始。其实社会跟自然有许多相似之处，在一片和谐背后可能暗藏危机，在生灵涂炭的背后也有可能暗藏生机。

所以当一个封建王朝到了濒临瓦解的时期，当君主率兽食人时，比如蔡京、童贯这几大猛虎一出现，梁山好汉就出现了。

在这样一种正不胜邪的社会环境下，人们内心的正气就被抑制了。那难道就没有正气了吗？有的，因为人有善良之心，人内心有正义。如果人们不敢说真话、不敢做正义的事了，那说明社会的邪气很重。就好比一个人不敢光着膀子出门，说明外边很冷，只有火气很旺的人才敢这么做。为什么不是好汉的人却被当了好汉？因为社会正不胜邪，邪气入侵，正义被压制住了，但正义并没有消失，而是隐藏在老百姓心里。老百姓的心里隐藏着一股正气，这种正气偶尔会冒出来一点，冒出来的正气就是他们心中的渴望。通过塑造一些人物，演绎一些故事，这些梁山好汉成了人民渴望正义的象征。不管这些英雄人物是否符合社会规范、人性的真善美，只要他们攻击的是百姓的敌人，百姓就认为他们和自己是同一战线的人。这就是社会文化心理，是社会的无意识。

这就好比抗战时期，无论是什么人，只要参与抗日就都是同志。但是战争结束后，该算的账还是要算，那时候你在百姓眼里还算不算好人就另当别论了。当社会有尖锐矛盾时，只要与主要敌人做斗争的都是人民眼中的英雄，所以以前的英雄和今天的英雄，标准是不一样的。有句话叫"时势造英雄"，就是当时大宋尖锐的社会矛盾造就了梁山好汉这一批英雄。

因此，结合当时的时代背景，可以认为梁山一百零八人都是好汉，他们都是英雄，这并不是因为他们的人格或行为足够伟大，而是那个特殊的时代把他们变成了英雄，但事实上他们很多人的人格和行为都没有达到传统观念中英雄和好汉的境界。

这一百零八人是被百姓幻想出来与时代抗争的，他们是当时恶劣社会环境下的大众人群心理的投射与文学艺术的结合体。文学作品需要有现实依据和背景，有作者的心理投射，有文学的艺术加工。

那么经典名著相比普通的作品高明在哪里？如果一部作品表现的是作者一个人的心理投射，那么这部作品是很难流芳百世的。经典著作所表现的往往是一群人、一代人乃至整个民族的心理状态，所以它能成为经典。只从单个人的视角出发，难以有大的格局，它是不能被称为经典的。所以这样子来看，经典不是作者自己的心理投射，它是整个大众的心理投射，作者经过加工升华，把大众的需求通过虚构人物表现出来。

《水浒传》就是反映了大众的心理投射。当时的百姓们只要看到一点正义和希望的火星，就想抓住不放。为什么？因为当时的社会太黑暗了，但凡看到一点希望，百姓都非常雀跃。就像一个人在冰天雪地里，哪怕只有一点热气，他都会觉得有希望。在一个正不压邪的社会，老百姓往往会呼唤英雄、渴望好汉，这种渴望甚至会以一种极端的方式呈现。比如人肉包子铺就是一个明显的例子。所以这一百零八人既是英雄又不是英雄，他们并没有英雄的思想高度，是时势造就了他们。

这就是本书对《水浒传》的初步解读。为了从心理学的视角诠释这本书，本书首先会从集体无意识、集体文化心理的角度来解读它。

当然，从另一个方面看，可以说宋朝是一个接纳度很高的朝代。这些英雄们都不是完美的，他们有许多不良的品质，但仍然能被老百姓奉为英雄。

曾经有人这样说：宋朝之后无中国。这句话是什么意思呢？宋朝虽然社会环境黑暗，但涌现了无数的仁人志士，文天祥、岳飞……这些人都是历史上著名的血性男儿，但是这些人基本都牺牲了。在更早的时候，人类社会存在一个轴心时代，就是春秋战国时期，百家争鸣。那个时候西方有亚里士多德、柏拉图，中国有孔子、孟子、老子、庄子，那个时代可以说是哲学、文化等的繁盛时期。到了唐宋时期，思想是相对开放的。尽管从现代人的视角来看，唐宋仍然是思想落后的，但实际上现在只是科技进步了，而在对人性的理解、在对意义的追求上，有些东西是亘古不变的。

说完《水浒传》的历史背景，概述完集体心理的因素后，我们接下来分析关于梁山的隐喻。梁山是一个象征，那些英雄是被"逼上"梁山的，为什么是被"逼上"呢？

上梁山，也就是上山，所谓人往高处走，上山本应该是积极的。既然是"被逼"上，那么首先这些英雄是被迫的，他们是被动做出一个正义的选择的。那么是谁逼的呢？是贪官污吏、恶霸地主、政府乃至整个社会逼的。

有人曾经问我，这个"被逼"有没可能是自己逼的。一个人内心残存的正义感，逼迫着自己去做出选择，这也是一种很好的解读。这本书不是以文艺评论家的视角来谈水浒，更不是从社会伦理、法制的角度去批判它。从心理学视角解读水浒，看的是外部的环境和人内部心理的刺激，看的是双向的刺激对人起作用的时候，人的机体尤其是心理是如何做出反应的。人在面对刺激时的反应，通常体现出一个人的个性。人们常说性格决定命运，体验决定人生。重要的并不是事件本身如何发生，而是人在面对这些事件时如何应对。就比如每个人都有童年创伤，但是有的人不会因此而堕落，有的人却会因此走上犯罪的道路，这就是不同的理解和体验方式所造成的差异。对同一个事件可能有两种截然相反的体验，两种体验与人的外部环境和内心环境都有关系，所以并不是经历决定命运，而是体验决定命运，而体验者体验到的东西又和性格有关。积极的人体验到的是积极的情绪，消极的人体验到的是消极的情绪。对事件的解读，失之毫厘，差之千里。

　　被迫做出选择，除了来自外部环境的压力，也有来自内部的心理压力。比如竹林七贤，仅仅只是社会环境逼迫他们吗？在《三国演义》里有这样的一段情节：刘备三顾茅庐时，曾经在路上看到诸葛亮的一些好友在喝酒。诸葛亮的朋友们就去劝告诸葛亮：你这一出山必会鞠躬尽瘁，违背天时，以此来劝阻他出山。也就是说有一些人，即使身处恶劣的社会大环境下，也能做到不逼迫自己。如果那些英雄好汉不上梁山，那么他们有其他出路吗？试想一下古代的法律法制环境，在那个时候，抓捕犯人的成功率是有限的。即使是在现代，有身份证、监控、指纹信息等高科技辅助，也仍然有罪犯能躲过，更何况在宋朝躲进深山中呢？

　　宋朝末期几乎所有的官员都在贪赃枉法，谁会真正地去捉贼呢？谁会真正地去找贼呢？所以实际上当时的法制环境根本没那么严苛，只要一个人真的想藏起来，政府是很难抓到他的。因此那一百零八个好汉并不是真正地被逼，而是自己主动走上梁山的。

　　在这个视角下，可以把时迁作为例子进行解读。时迁为什么上梁山呢？因为他内心一直很自卑。时迁在一百零八个好汉里是排在最后三位的，他永远都认为自己是个区区小贼，而小贼怎么能跟侠义大盗比呢？这就好比有一个强盗集团上市公司，是五百强企业，他们的宗旨是替天行道。时迁入职成为其中的一员，他就类似于大企业中的小员工。事实上，时迁骨子里是特别想跟这些人打成一片的，但其他人根本看不起他，认为他做的都是些偷鸡摸狗的事情，而时迁也渴望摆脱这种身份。

从时迁的行为中，可以看出他是主动上的梁山，并没有被逼迫。若是他一直做的都是小偷小摸的事情，那么上不上梁山并没有本质上的区别。他上梁山是为了寻找一个群体去依靠，通过加入梁山好汉，摆脱自己只是一个小贼的命运。他是在找一种归属感，他实际上是想寻找一个群体，从中获得认同感。

当然最后他实现了这个愿望。时迁为了讨好两位兄弟去偷鸡，因此被祝家庄的人抓起来了。一个不重要的小贼被抓，梁山于情于理都可以不派人救他，可为什么最后还是去救时迁了呢？因为宋江要去攻打祝家庄，有了救时迁的理由，宋江就可以理直气壮地发起进攻。而宋江之所以要攻打祝家庄，则是为了立功，想在梁山兄弟面前表现自己。时迁作为一个导火索，从中得到了自己想要的。那个时候像这种小偷小摸的，被逮着基本上不会法办的，都是随意处理一下。也就是说像时迁这样的人物，哪怕是犯罪也不配得到更重的处罚。他想要摆脱这样的身份，便主动上了梁山。

像时迁这种主动找上门来的，未必意味着他想成就自己的一番事业，因为他当时根本没有事业。时迁真的有所谓的事业心吗？我认为他只是通过加入梁山好汉这一群体来增加自己的自尊心。

他认为自己跟侠盗在一个群体中，跟这些梁山好汉成为兄弟是一件很威风的事情，因此他上梁山还体现出了一种虚荣心。

成为梁山好汉的一员，和他自己的事业无关，梁山上有多少人真正关心自己未来的事业？晁天王晁盖，抢了生辰纲，人家来找他，他也不知道要去哪里，竟然叫阮氏三兄弟先回去。这意味着这一群人没有管理手段，也没有未来规划，所以他们不是为了自己的事业而加入。

这群好汉当中只有一个人真正有心计，就是宋江。其实梁山好汉里没几个人真正想为社会做贡献，从这个角度也可以说他们不是英雄好汉。如果梁山好汉中有几个像当代马云这样的角色，这个团队可能早就风生水起了。这种风生水起并不是为了要跟朝廷对抗，而是尽可能多地为社会多做服务。这群人来自农工商各个阶层，是完全可以利用自身优势来改变社会状况的。

这些人但凡有点社会责任感，都不会觉得自己是被社会逼上梁山，尽管其中有一部分人的确认为自己走投无路，但这种想法也是相当主观的。

也就是说，这群好汉的选择基本都是从自己出发，是为了自己的目的，以替天行道的名义去做所谓劫富济贫的事情。然而他们并没有从自己的小我中走出来，把自己的行为升华到为百姓或社会做贡献，没有形成自己的社会责任感，哪怕这群人中甚至有人是出身名门望族的。

他们中有一些人想要建功立业，但他们对建功立业的理解还停留自己和家族的层面上，他们希望光宗耀祖、保存自己的面子。

原来出身军官世族的人现在落草为寇，要想方设法回到朝廷里再成为军官，并且还要把原来杀人放火的债一笔勾销。因此这群人的义不是大义，只能称得上侠义和义气，就是兄弟之间的义，而不是社会层面的义，没有想着为社会除暴安良。

有人认为，这些好汉的思想局限应当被归因于封建社会的等级制度，他们认为只要没有归顺朝廷、没有进入权力的制度体系，就可以不必做一些所谓大义的事情。然而事实是，他们的思维中根本没有这样的念头，哪怕他们真的回到朝廷，也未必就能有什么升华。因此，从人格心理学的角度来看，这些人很多都只有小我而无大我，都只有小义而无大义，这一点是《水浒传》人物的基本共性。

第三章
你真的读懂梁山了吗？

如果一个人内心真的有大义，那在关键时刻他就会明白舍生取义也未尝不可。孟子说舍生而取义者也，一个人即使不要生命，也要去选择大义，比如像岳飞和文天祥这样的人。但是大部分人还是会选择保命，梁山的一百零八位好汉也是如此。

因此可以推理，被逼上梁山，实际上是因为好汉们遭受社会压迫，而内心又没有足够的升华能力，便转而选择的一种看似积极的消极路径。人人心中都有一座梁山，然而今天又有多少人真的上了梁山？梁山是一种象征，是一种看似积极实则消极的逃避。

它不但是一种逃避，而且还理由充足，冠冕堂皇，理所当然，打着替天行道的旗号被合理化，而李逵几斧子把替天行道的大旗砍倒恰恰说明了这一点。我叫你替天行道，我叫你假仁假义，就是这个意思。他砍的不是旗而是梁山的价值观。这就启示人们不要逃避，尤其不要打着正义和积极的旗号去逃避，把懦弱说成是冠冕堂皇的事情。

面对来自外部的压力时，人可以随遇而安，根据具体的情况积极应对，若是行不通，也可以选择其他的道路。一个真正的英雄，是不会被眼下的情况完全限制的，他一定会有其他选择。别人可以小看你，但自己不能小看自己。想必有不少《水浒传》的崇拜者会反对本书的观点，但《水浒传》中价值观的问题是必须被客观讨论的。

人一生中不可能不遇到外部环境带来的压力和刺激，有时这种压力和刺激甚至是致命的，让人喘不过气，让人走投无路。这种压力每每降临都如排山倒海，让人感到绝望，再也走不出来了。这个时候如果有一座"梁山"，那人们会不会去爬？所以说人人心中都有一个梁山。但是有些人就会把上梁山的路给断了，拒绝逃避，面对现实。梁山是老百姓心中的象征，历史中的梁山好汉还不如方腊，宋江的农民起义军跟方腊的相比影响力小多了，可为什么偏偏是梁山好汉被老百姓口口相传，最后成为经典，甚至被描述为一群把方腊都灭掉的人呢？因为这是百姓想看到的结果。

如果一个新的统治者称帝后还跟前朝的皇帝一样昏庸，老百姓是不可能拥戴他的。宋江受到老百姓的支持，是因为他由于自己的义气而受到集体无意识的拥护，是因为他代表了老百姓的价值观和心理需求。老百姓心中对正义的需求受到了压抑，没有人替他们表达。一旦宋江被招安，人们就担心他是否会和其他的官员同流合污，因此才有了后来的局面。

上文提到，梁山是每个人在遇到外部压力和刺激时可能会做的一个选择，一条备选道路。但这条路不是上策，有的人在现实生活中没有作为，是利己主义者，看到有机会就想投机取巧，只为自己的利益着想，没有社会责任感。哪怕他的行为看似是伸张正义，理由很充分，但本质上还是一个投机者。

那么当外部环境无法让人随遇而安的时候，君子、英雄豪杰、真好汉应该如何保持真我？若是能保持真我，英雄也就不会被逼上梁山。以高俅为例子，为何当时的社会环境可以滋生高俅这样小人得志的人呢？

有人认为这是由于当时朝廷的腐败，由于当时的体制问题。这个体制是腐败的，比如当时有大量的买官卖官现象，这样一来就会压迫当时正义感尚存的人。这些人无法在官方认可的情况下改变社会，被排挤出了朝廷。所以的确有很多人是因为不得志才上了梁山。

《水浒传》中有一个人，他被用五十两银子骗上了梁山，还有他一家老小，也一同被骗上去了，这是梁山人惯用的手段，先把别人的后路给断了，让人家破人亡，最后不得不上梁山。不但如此，他们还有一个要求：入伙的人必须先杀一个人，也就是投名状。这个要求是在暗示，一旦杀了人，新成员就沦为罪犯，跟梁山上其他人一样走投无路了。这是一种卑劣的手段。

有一种可取的看法是，封建社会的体制就像一场游戏，而在宋朝末期这个游戏的规则已经崩坏了，像高俅这样的人懂得如何在崩坏的体制内投机取巧，所以才能获得自己的生存空间。而上梁山的这些人，无论是基于内心残存的正义感还是其他原因，他们都无法顺应这种已经被扭曲的游戏规则，所以他们只能跳出原有的游戏，自己建立一套新的规则。宋江一直都是希望投靠朝廷的，但他运气不好，所以一直无法进入朝廷的话语体系。

　　事实上并不是宋江倒霉，他的命运是由自己的性格决定的。这一百零八个好汉上梁山的原因、方式以及在这个过程中他们的心理过程、动机都是不同的，因此他们每个人的结局都不同。宋江为什么不如高俅那么如鱼得水呢？因为高俅一门心思求名利，而宋江是三心二意，忠孝义和名利都想要，不可能成功。

　　我们并不是要认可高俅的做法，而是试图从这当中得到一些启发，即做事一定要专心致志。

　　这时我们可以发现，梁山的一百零八位好汉，大体上可以分为几种类型。如果将他们分类进行说明，对几个主要的人物进行心理上的分析和解读，就能看到很多东西，就能看到利用人格心理学进行解读所起到的作用。

　　回顾上文，我们可以总结出以下观点：梁山好汉的形象是对当时社会状况的一种反映，通过传播梁山好汉的故事，人们表达了自己心中的不满和期望，于是就有了《水浒传》这本书，这体现了一种民众心理的演变过程。

　　接下来我们可以看看梁山好汉们的人物心理。通过分析不同人物的心理，我们可以总结出当时人们的集体心理特征。上文举的人肉包子的例子也是一个象征，通过这个象征，作者隐喻了一个人吃人的社会。一个弱肉强食、人吃人的社会是没有道义、法律、公平可言的。《水浒传》有鲜明的时代特点，它反映了当时政局的动荡和吏治的腐败，朝廷的无能，造就了民众心中的英雄形象。作者借用这样的艺术表达呈现了当时老百姓的内心世界。劫富济贫、替天行道等，都是对于当下这种腐败的朝廷的时代映衬。逼上梁山，则是当时社会上很多人回避现实中的失败，啸聚山林的一种精神胜利法。人们对于当时黑暗的社会环境无能为力，只能通过艺术虚构和逃避去取得胜利。

《水浒传》是基于人们的口耳相传加工而成的一部世代相传的经典著作，在当时的社会背景之下，人们的生活状态并不是自己理想中的状态，百姓们对于心中理想的状态，有一种朦胧的、小农意识的期盼。在塑造这一百零八位好汉的过程中，老百姓就把这种理想的心理状态投射到了这些人物的身上。在这样的条件下，这些人物由于百姓文化、思想境界的限制，只能在小我的水平上体现，这也是为什么用当代视角去解读《水浒传》时，我们会看到作品中的局限。

然而，即使是在当代，当观众去阅读《水浒传》，或者观看改编的影视作品时，也仍然投射了许多小我水平上的理想。比如有人看到鲁达拳打镇关西会感到解气，看到梁山好汉被招安会感到非常遗憾，这些反应都是观众小我的体现，也就是说在阅读或观看的过程中，通过挖掘自己对作品的观感，是可以发现自己身上的局限的。

对《水浒传》进行解读是一件有难度的事情，这其中涉及许多难以评论的内容。因为《水浒传》里往往会涉及农民起义，尽管它是虚构的作品，但其中也包含着作者的政治观念。很多文艺评论只在文学层面上进行评述而不触及社会事件，但本书从社会心理出发，是不可能不进行更深层面的解读的。若是只进行写作技巧或人物塑造层面的评论，就难以真正深入了解经典。解读《水浒传》难，一方面是因为必须深入解读，而不能只停留在文艺评论的层面；另一方面是由于老百姓已经普遍将里面的人物默认为英雄好汉了，而本书既要对他们进行客观的分析，又要基于心理学的视角重新解读，颠覆一些固有的观念。从这点来讲，要将当时的社会背景与当代的社会背景相结合。我们从心理学视角来解读经典，不仅仅是为了将理论套用在作品中，更是要为当代的人提供新的视角，为今天的人服务。

因此首先要重新阐释梁山的概念。《水浒传》中有梁山，现代也有梁山，但不同的地方在于小说中的社会是昏暗压抑的，今天是繁华盛世的。繁华盛世固然也有来自外部环境的压力，但这种压力不是来源于政府、社会，而是每个在自身发展的历程中、在日常的生活中遇到的事件和阻碍。

即使林冲没有看到高衙内调戏他的娘子，他也有可能遇到其他的困境。但是他遇到了这个事件并且上了梁山，因为他没有能力处理这件事。他既不能够逃离现实，又没有足够的勇气去面对它，因此他只能上梁山。但上梁山就意味着要走一条截然不同的道路，因为上梁山的先决条件是投名状。要想拿到投名状，就必须杀人，与主流社会分道扬镳。在这里需要再次强调的是，梁山是一个意象，是一种象征。即使是在当代，人们的生活水平已经有了质的飞跃，社会环境也比古代优越了百倍，但仍有很多现代人处于心理危机当中：对自己身体状况的忧虑、人际关系的困境、亲密关系的危机、后代的教育等难题都困扰着当代人。

梁山是一种象征，是一种看似积极的消极逃避，有了这种认识，后人就要尽量避免这样的消极逃避，要站出来勇敢地面对并解决在现实中遭遇的困境。当然，《水浒传》中的环境是封建社会。而今天的环境，是人类面对文明，追求更快、更高、更强，追求精神幸福的一种高境界的环境，因此现代人遇到的困境也是不同的。以前的人总是强调忍耐，忍一时风平浪静，退一步海阔天空，仿佛忍耐一下问题就会过去。老公出轨了，没问题，忍一下就过去了，离什么婚？小孩不听话，考不上大学无所谓，忍一下就过去了，不必为此烦恼。但这种忍耐实际上是一种苟且而非宽容。任何时代人们都有追求更高的目标和更好的生活的愿望。虽然宋代的社会大环境与现在相比是差异巨大的，但相同的地方在于无论哪个时代的人都会追寻更好的生活，因此不论哪个时代的人都在追求的过程中遭遇困境。有了困境，也就有了想要逃避的心态，因此每个时代的每个人心中都有一座自己的梁山。也正是如此，人们更要学会反省自己的心态，要审视一下自己的性格，完善自己的行为。人格未必需要臻于完美，但人要时刻审视内心，看看自己有没有逃避的心态，有没有被"逼"上梁山。这才是本书解读《水浒传》对心理学人的价值所在。

人应当有积极向上的愿望和持之以恒的态度，尽量避免去走到某一个极端。没有梁山，就不上梁山，而是在生活中探索出一条道路，因为人生不是非黑即白的。若是宋朝有心理学知识，让当时的人们提升一下心理资本，学会面对生活中的困境，不要怨天尤人，那么梁山好汉也就未必会沦落到这个地步。同时，人的理想也不要局限于自己的小我，将眼光和思路打开，看到更广阔的风景，增加一点社会责任感，反而有可能解开心结，升华自己的理想，这样一来就更不至于被"逼"上梁山。

这一章我们对梁山的象征意义进行了总结，那么下一章开始会逐个对梁山好汉进行性格上的分析，以便更全面地用人格心理学的视角来解读和诠释《水浒传》。

第四章
"贪心"宋江的悲哀与无奈

　　本章开始我们会逐一分析《水浒传》中的人物，第一个重要的人物必然是宋江。当然，我们只会着重分析一些典型的人物，因为梁山好汉中很多人经历都大同小异，上梁山的过程也差不多。当然区别也是有的，比如每一个梁山好汉的故事背景、上梁山之前所从事的职业不一样。除此以外，梁山好汉的性格、行为方式也不一样，上梁山的动机也不同，有的想立功，有的想成名，有的是为了金钱，有的则为了美色。

　　命运的发展和人的性格息息相关，性格是有倾向性的，而性格可以体现在人的行为中。人们常说越在意的就越怕失去，若是一个人特别在意名声，那他就会倾向于维护自己的名声，不允许他人损害自己的名誉。一个不在意自己名声的人是不太会因为别人的闲言碎语而生气的，但若是一个在意名声的人感到自己的名声被别人损坏，那么他必然会暴跳如雷。所以每个人都有自己在意的部分，人们最在意的部分反映了自己的价值观。价值观就是人性格的一部分，是人的一种倾向性。

　　一个人若是了解自己的缺失，或者了解他人的缺失，就能懂得避开雷区，尊重他人。在一个群体中，互相尊重是一种义务。你尊重别人，别人就会投你所好，你不尊重他人，自己也就得不到尊重。

梁山好汉每个人都有自己的缺失，每个人的缺失都不同。比如说青面兽杨志，他在意的就是祖上的基业在他这代坏了名声，因此他不管做什么事，都是为了保住祖宗的面子，而他自己则不在乎功名利禄，也不在意生活水平，只要能保全祖宗的面子即可。这是由于杨志是杨家的后代，自己混不好就是愧对祖宗，所以他的重心是祖辈的脸面，他受制于这件事情。一个人受制于某件事情就等于受制于某种性格。在现实生活中有一种很常见的现象：有一些人非常迷恋他人对自己的赞美，这也是一种受制于某事的表现。有的人喜欢拍马屁，比如郭冬临曾经演过一个经典的小品，一个企业职工帮他领导办事，领导出差的时候给他带回来一些酒店的一次性用品，他便以为被领导重视了，所以他感激得半夜裹着被子排队帮领导买火车票。这其实体现的是一种虚荣心，而这种虚荣心就是人性格中的一部分。这种性格中的成分会使一个人的行为发生改变，若是长期放任这样的性格，就会导致被这样的性格控制。

梁山很多好汉其实就是在追名逐利，放不下世俗的名利。有些人上梁山前是军官，就无法接受来自梁山的约束，这也是他们性格中的局限。还有些好汉认为自己只是暂时在梁山落脚，以后还可以回到朝廷当官，这实际上还是抱着一种追名逐利的心态。这种心态就相当于小毛驴拉磨——被套上了。他们被名利这个圈套套住了，总以为还有希望，一圈圈地原地打转，这就是所谓的命运。命运是什么？命运就是对过往行为的不断重复，如果一个人过去的行为造成了不好的后果，而他又不断地重复这样的行为，这个人就会走向落魄的命运。行为是由性格决定的，一个人性格里缺失的部分，就是自己在日常生活中重视的部分，容易被他人触及敏感点的部分。很多时候，并不是别人主动去触及我们的敏感点，而是我们自己将它们暴露出来。

从人物心理、人格角度分析梁山好汉，会发现每个人都有受制于社会、外界环境的一个弱点。找到了弱点，也就找到了他们被逼上梁山的根本原因。当然我们并不是说他们"作死"，这是站着说话不腰疼，因为他们确实处在一个非常艰难的时代。

作为一名心理咨询师，我看到过很多人的人生故事，太多的人把好好的日子过得走投无路。当然也有人绝处逢生，这就是一个人性格优势的表现。前者是性格弱点，后者是性格优势。从性格的优势和弱势的角度来看，一个人最怕什么，就往往会招致什么打击。就像拳击比赛，一般的拳手都知道打对方的薄弱点。人生的舞台有竞争、有合作、有拼搏、有进取。人生中是有对手的，而这个对手有可能是我们自己，也有可能是外部的环境。外部的环境会打击一个人的弱点，俗话说屋漏偏逢连夜雨，一个人的薄弱点越明显，就越会遇到这方面的打击。好比一个心理咨询师人格有一部分是不完善的，那么他就会发现自己总是遇到对应着这一部分人格缺失的来访者。再比如人发现自己身上有一处伤口，就很容易想着它，总觉得那个地方疼，怎么都不对劲。这就是人身上的薄弱点，是人格中不够完善的部分，所以总是让人感到畏惧。

这一章我们会开始分析人物的性格，阐述他们的共性以及个性，从而借鉴人物经验使我们成为更好的人，同时帮助有需要的人，学习如何不受制于性格的缺失。

首先来分析宋江，要先看宋江如何掌握了他人性格中的缺失。他知道在这个世界上，皆为利往，皆为利来，这里的利就是物质，就是金钱、钞票、银子。在他眼里银子就是大哥，大哥就是银子。权力和金钱中，能当大哥的人二者当中必有一项符合。

宋江并非有权有势有钱，但他知道人们需要这些，他看到了人心中薄弱的部分。因此宋江是一个有争议的人，有人说他奸，有人说他义，众说纷纭。从正面和负面两个角度出发来分析宋江，会发现他是一个善于抓住别人心理需要的人，这个需要是人性使然。别人有需要，他就爽快地伸出援手。

这并不是很容易做到的，许多人都是贪图名利之徒，而宋江能看出别人需要什么，然后去满足别人的需要。宋江不想要钱，他想要的是名声，他要成为别人的大哥。所以要跟宋江这样的人谈判的话，就要知道他性格里缺失的是什么。他需要当大哥，而不是需要别人给他钱和权。他需要的名声还包括孝顺，他要让别人都知道他是一个孝子，当然他的确是一个孝子。也许他原本只是想假装是个孝子，但装着装着就真的变成了孝子；或者他本身就是个孝子，人们夸奖得多了，就给他带来了正向的强化。

宋江的性格形成原因是多方面的。首先这是他人的期待施加在宋江身上的结果，大家都期待社会中有一些人能够乐善好施、仗义疏财，而宋江顺应了别人的期待。其次这也是他自己的期待，他渴望忠于政府、国家，渴望遵守当时得纲常伦理，并通过这种方式获得个人的发展。最后是他家人的期待，尤其是父亲的期待。因此他试图去平衡这三种期待。

我们只是试图分析人物性格，并不打算讲大道理。性格决定命运，人人都有弱点，人人都有优势，发挥优势避开弱点，叫扬长避短。这样才能掌控自己的人生，不被性格缺失牵住自己的鼻子走。人们往往认为是别人牵着自己的鼻子走，这是错的，没有人能牵着你的鼻子，都是自己主动伸着鼻子让别人牵的。鼻子是自己的，没有性格缺失的人是不会被别人掌控的，这绝大部分是自己的责任。

为什么宋江这么渴望被招安？从《水浒传》中的一个细节，可以看出宋江是一个非常孝顺的人。有一天宋江听闻宋太公去世，马上动身回家。回到家后发现家里没有吊孝，而且他的兄弟宋清也没有披麻戴孝。宋江大怒，一把拽起宋清大声呵斥：父亲没了，你怎么没有按照家里的规矩吊孝，谁让你这么干的？说着宋江挥手就要打他的兄弟。恰在这时，宋太公从屏风后面走出，原来父亲并没有去世，只是思儿心切，使了个计见宋江一面。

这是由于宋太公听说朝廷要大赦天下，所以思儿心切，便心生一计骗宋江回家，苦口婆心劝告宋江投靠朝廷。宋太公说出了作为父亲对儿子的一份期许，事已至此，孝顺的宋江必然是会想方设法让朝廷招安。从这个故事里可以看出，宋江这个人物其实性格里有很多孝顺的成分，他父亲对他的影响是巨大的。

宋太公劝宋江投案，说明宋太公骨子里希望他儿子做一个忠臣。宋太公希望宋江做一个忠臣投案，但他知道宋江可能不会同意，于是他就要了一个伎俩，骗宋江回来，还告诉他皇帝要大赦天下，骗宋江去投案。但这并不是宋太公在要心机，而是他骨子里就希望儿子做一个功臣，即使儿子不能建功立业，至少也不能违背社会伦理，成为一个山贼。

那么宋江是怎么做的呢？他真的顺应了父亲的期望吗？没有。他选择了一条迂回的、折中的道路。他先上了梁山，他的操作过程是先上梁山，然后再招安，表面上他听了父亲的劝告，但实际上他还是按照自己的意愿行事。这说明他的性格中有东西在阻碍着他，他是一个听话、孝顺的儿子，父亲叫他如何，那么他即使为此一辈子无法出头也会去做，成为一个孝子和一个忠臣。可是他有自己的想法，这在他后来的行为中也表现出来了，比如在后来，梁山好汉们都不愿意被招安，晁天王也不希望招安。这时宋江就开始给兄弟们做思想工作，他说：我们既能做到义，也能做到忠。也就是说，每次宋江需要做抉择的时候，他的心中总有一个力量，有一个声音涌现出来，认为自己还可以更好，不接受现在的状态，总想做出两全其美的选择。他既想做一个忠臣，又想做一个有情有义的人，还想做一个孝子。但他不直接去做，而是以一种迂回的方式回避选择，从中就能看出他性格中的缺陷在控制他的行为。

宋江反复劝说兄弟们接受招安，到时候既能做忠臣，能在朝廷中发展，同时这个团体也不至于分裂，守住了作为梁山好汉的义气。招安以后还可以跟朝廷上的奸臣做斗争，一举三得。不接受招安连城门都进不去，谈何与奸臣斗争？更不用说除害安良，改变社会了。宋江幻想着一种两全其美、没有任何损失的选择，因此他既没有听父亲的，也没有听自己的，更没有听兄弟们和朝廷的。他最后谁都没听，他是摇摆不定的，这就是宋江的性格缺陷。

接下来我们会分享怒杀阎婆惜的故事，借助这个故事进一步分析宋江的人物性格。这个故事首先有一个背景：宋江私放了晁盖。晁盖去劫了生辰纲，事情败露之后，宋江通风报信私自把他放了。晁盖为了报答他，就给了他一百两的金条，还给了他一封文书。宋江的妾叫作阎婆惜，两个人的感情并不好。当时宋江娶阎婆惜并非自愿，二人感情也不算融洽。宋江当时只是帮阎婆惜安葬了她的父亲，做了一件善事罢了，那为何他又会娶阎婆惜呢？因为他被阎婆惜的干妈相中，非要宋江娶她做妾。在宋朝的时候，娶妻需要经过父母之命、媒妁之言，而且要光明正大地娶进门。宋江无法明媒正娶阎婆惜，更何况宋江这个时候根本没有成家的心思。但是他被缠上了，不得不娶她并跟她住在一起，两个人是没有感情的。恰好这时候因为宋江救了晁盖他们，晁盖派刘唐下山答谢。他没要这些酬谢，只拿走一条黄金和一封书信回了家。结果阎婆惜发现宋江的包里有金子，顿时起了歹念，把东西藏了起来，以此胁迫宋江。阎婆惜是一个不会感恩的人，宋江救了她的命，帮了她，她却这样回报宋江。宋江知道自己私通犯人，是大罪，不能泄露此事。在宋江的眼中，钱和女人都是不重要的，阎婆惜过于高估自己，胆大妄为，竟敢在这件事情上做文章谈条件，最后阎婆惜的结局大家也有目共睹。

从阎婆惜对宋江提的三个条件中就可以看出，阎婆惜根本不了解宋江。宋江对钱财没有贪念，这一点跟当时主流的社会价值观恰恰相反。在那个艰难的时代，除了权势，只有钱能够保障一个人的生命。阎婆惜根本不知道宋江对钱的轻视，宋江不爱财，他这样的观念在当时是极其稀少的，梁山好汉都不走寻常路。最后宋江在争执中失手杀死了阎婆惜。

阎婆惜的干妈来了以后，宋江骗她阎婆惜是贼人所杀，于是干妈佯装自己相信宋江，和宋江一同来到衙门报案。原本两人说好，到衙门后由宋江去报案，接下来按照当时官府的程序来处理，该验尸就验尸，该查案就查案。结果两个人走到衙门口，阎婆惜的干妈突然变卦，在门口拉着宋江大喊：来人啊，黑三郎杀人了！宋江就是从这时起才踏上了逃亡的道路。话说回来，衙门边上的群众围过来，衙门里的官吏也出来了。人们都认为宋江不可能做这样的事情，周围没一个人相信宋江杀了人，为什么？因为宋江平日里出手阔绰，给周围的人施了不少恩惠，受过他照顾的人很多。因此宋江不在乎钱的态度看起来傻，不切实际，但在关键时刻正是这种态度帮了他，这是值得人们深思的。

写了很多关于宋江的故事，现在可以对他进行概括性的总结。从宋江的发展路径来看，实际上他既没有效忠官府，没有为了尽孝完全遵从父亲的意愿，对兄弟也没有足够的义气，何出此言呢？

其一，他没有听他父亲的话。其二，其他兄弟们都不想被招安，但宋江一意孤行，用现在的话来说，他对兄弟们进行了道德绑架，没有道义可言。其三，效忠朝廷就更不用谈了，宋江身为一个公务人员，私自放走了要犯，这是严重的忤逆行为。人们都知道鱼与熊掌不可兼得，而宋江却礼忠义都想要，幻想着有一种皆大欢喜的解决方案。塞翁失马，焉知非福？宋江无法客观地看待得与失的辩证关系，无法在三个选项中做出取舍，最终导致了三者全无的局面，这就是宋江的性格缺陷之所在。

第五章
接纳困境，绝处逢生

在《水浒传》中，宋江经常处于一种左右为难的境地，无论是私放逃犯还是被迫杀人。小说写得好的地方恰恰就在此，通过塑造这样的人物，作者把宋江置于左右为难的境地，是为了说明人生不是一帆风顺，人生路不会一直都很平坦，会有起伏，有岔路口。人在岔路口往往容易走错，而这正是人生的可贵之处。人生旅途中总会有遇到分岔路，这些分岔路的出现就是为了考验一个人做判断和选择的能力。正是在面对这些选择的时候，人与人之间的不同之处才会显露出来。有些人平时看起来有模有样的，但一遇到困境，马上性情大变。小说家塑造曲折坎坷的剧情，并将这样的剧情套用在人物身上，让小说人物去面临困境并做出选择，其实是为了通过这个人的行为反映其性格特质，最后再进行升华，上升到人格与命运、人类、社会等更高的层面。如果一本小说的剧情过于简单，没有起伏，那么必然是不可能成为经典名著的。

所以我们人生难也难在这里，乐也乐在这里，苦乐参半的人生才是有趣的。人生在艰难困苦的选择中变得有趣。如果一个人从小就衣食无忧只知享乐，这样过一辈子是体验不到乐趣的。面对困难的时候，不去做选择，就无法体验其中的乐趣。不选择，就享受不到高峰体验。如果选择出卖朋友，那么就会有心理负担；如果选择告密，也就是宋江的选择，知法犯法，那就无法再为朝廷效忠。

哪怕宋江将来灭了方腊，立了无数功，错误已经铸成了，他已经是一个既不忠，也不义，又不孝的人。如果他真的孝，就会完全听父亲的，但宋江不甘心，他要把父亲的意见和自己的想法结合起来。他既不愿意背叛朝廷，又不愿意背叛梁山兄弟，他是知识分子，有他自己的理想追求。除此以外他还有士大夫阶级的思维，虽然他只是个小吏。宋江没有参加科举，关于他不参加科举的原因，有这样一个说法：参加科举并且考中了的人，需要服从政府的调剂去外地上任做官。若是调任到外地，宋江在本地为自己造的势就不起作用了。所以他不参加科举，要从小吏一步一步往上升。但小吏上升空间小，而且有可能一辈子只能当一个乡政府的乡长，但是好处是不会被贬，不会下岗。

所以宋江他是做吏，而吏和官不一样，吏是不需要被调任的，这其实也是他的一个小算盘。他会利用自己的一官半职去讨好别人，为自己造势。若是从这个角度来看，他就不是一个合格的公务员，就不能谈忠，他实际上没有忠于国家，没有忠于国家的法律、法制。分析到这里，宋江的性格缺陷也很明显了。有的人想要左右逢源，两全其美，这已经不容易了，而宋江甚至想三全其美，要忠义孝三全。这就是宋江的性格缺陷，在必须做选择时一个都不想放弃，这也是一种贪心。

孟子认为，鱼与熊掌不可兼得时，选一即为义。生亦我所欲也，义亦我所欲也。二者不可兼得，舍生而取义者也。孟子说的义是一种大义，而不仅仅是兄弟的义气。大义包含了对这个国家、民族、社会乃至整个时代的义。所以义亦我所欲也——我想做一个有义的人，我想有这样的一个精神高度；生亦我所欲也——我也想活着，我也想发展得很好。在这种两难的境地下应该如何选择？选择舍生而取义者也，也就是说抛掉身体、物质的部分，舍弃生命，把精神保留下来。宋朝是儒学的兴旺时期，宋江也是儒家文化话语中的一员，但是他显然没有真正忠于这个学问，这是宋江的悲哀。他的悲哀就源于他太想要完美，不懂得取舍，不愿意放手。他不接受不完美，不接受有漏洞，不接受有瑕疵，但这不是真正的完美主义，我们称为假性完美主义，它实质上是一种逃避，而不是为了真正让自己做出完美的选择。

宋江瞒着政府走漏风声，他是不忠的。既然想做一个忠臣，那就要忠于自己所服务的对象，这是原则问题，与是否封建社会无关。尤其是宋江正好处于封建社会，那个时候的仁义礼智信等种种规则是更加严苛的。宋江无法忍受政府的腐败，完全可以选择辞去官职，但他不辞，又想维护正义又想招安，哪有这种好事呢？有人认为宋江属于多重人格，非也。宋江的问题只是性格上的缺陷，他的性格中有一种投机主义，一种假性完美主义，这并不是多重人格。他的权谋投机、犹豫不决，都只是他个性层面上的缺陷。

通俗点说，宋江就是想为自己留一条后路，这样他就永远不必面临二选一的绝境，可以随时抽身。但恰恰就是这种念头让他吃了大亏，比如被迫娶阎婆惜为妾。按照现代人的说法，宋江不主动、不拒绝、不负责。我们可以假设，若是宋江不娶她又怎么样？何况那个时候宋江还是她的恩人，不是她的丈夫，他跟阎婆惜之间是有距离的，人与人之间的距离是维系礼节的重要因素，宋江跟阎婆惜若是有距离，阎婆惜断然不敢打他的主意。宋江那个时候为什么不拒绝？他明明不是好色之徒，却栽在了女色身上，这就是他的性格问题。因为他总想两全其美，所以他就无法做出选择，无法拒绝。他看似中庸，其实是一种假中庸。真正的中庸是什么？不偏不倚为之中也。真正的中庸是要站在自己的立场上，那才叫中庸，中庸实际上是有原则的。现在很多人对中庸的理解是有偏差的，他们认为中庸就是左右摇摆，墙头草。其实不是这样的，真正的中庸是一种义。若是宋江真的有义的话，那高俅会被捉到梁山？林冲能气吐血吗？那不是他的把兄弟吗？他又是怎么对待的？其实，如果宋江能把高俅、童贯、蔡京一伙除掉几个人，把这几个贪官给抹掉，他们反而能达成自己的目的。这也反映了宋江性格中软弱、不果决的一面。

这种软弱应当被归因于封建制度。在等级森严的封建社会中，即使他们反对贪官污吏，他们也无法反对更高级的统治者本人。阮小五、阮小七、阮小二都说要杀遍贪官和污吏，献于宋王爷，但他们要搞清楚的是，贪官污吏都是宋王爷培养的，如果不把最大的老虎打掉，那么永远都会有贪官污吏，老百姓还是会一直受到压迫。

　　有人认为这是儒家思想作为社会主流文化所导致的。但其实并不是这样的，儒家文化本身不应当背负这种指责，这是时代的问题，是封建制度背景下的统治者利用儒家思想，让儒家思想符合他们的统治需求，所以这不是儒家文化的责任。实际上，我认为真正的儒家思想不是为了迎合统治阶级的需求而被创造的，儒家文化是在探索生命的意义，探索如何成为一个人、一个君子的过程中所形成的一套体系。但由于儒学是一个综合学科，里面包括教育、伦理学的内容，所以儒家思想才会有关于三纲五常的内容，从而被统治者利用。

　　既然提到了宋江小知识分子型的忠君思想，就可以顺便引申《水浒传》第 39 回中浔阳楼宋江吟反诗的故事：

　　（宋江）独自一个，一杯两盏，倚阑畅饮，不觉沉醉。猛然蓦上心来，思想道："我生在山东，长在郓城，学吏出身，结识了多少江湖好汉，虽留得一个虚名，目今三旬之上，名又不成，功又不就，倒被文了双颊，配来在这里。我家乡中父老和兄弟如何得相见！"不觉酒涌上来，潸然泪下。临风触目，感恨伤怀。忽然做了一首《西江月》词，便唤酒保，索笔砚来，起身观玩，见白粉壁上，有许多先人题咏。宋江便寻思道："何不就书于此？倘若他日身荣，再来经过，重睹一番，以记岁月，想今日之苦。"乘着酒性，磨得墨浓，蘸得笔饱，去那白粉壁上，挥毫便写道："自幼曾攻经史，长成亦有权谋。恰如猛虎卧荒丘，潜伏爪牙忍受。不幸刺文双颊，那堪配在江州。他年若得报冤仇，血染浔阳江口。"宋江写罢，自看了，大喜大笑，一面又饮了数杯酒，不觉欢喜，便狂荡起来，手舞足蹈，又拿起笔来，去那《西江月》后面，便再写了四句诗。道是："心在山东身在吴，飘蓬江海谩嗟吁。他时若遂凌云志，敢笑黄巢不丈夫。"宋江写罢诗，又去后面大书五字道："郓城宋江作"。

曾经有人看了这个故事后过来问我：宋江的报国忠君思想，是他自己主动产生的念头，还是受了他父亲的影响才有的呢？宋江的父亲希望他忠君报国，希望他沿着正常的仕途之路顺利地走下去，不要违背三纲五常，不要坏了祖辈的名声。但是从宋江写的这首《西江月》中，可以发现宋江的自我意识里，其实还包括了另外的思想。在他的思想中，其实有一种叛逆的成分，除了世俗的虚名，他还想结识好汉，成为一个有义气的人。那么宋江的父亲在整个对他的教养过程中，灌输给他的忠君思想跟他自己的本意会有冲突吗？这种冲突在他身上是如何体现出来的呢？

其实，这个思想不是他父亲灌输给他的，而是宋朝社会的一种集体思想。那个时候所有的知识分子都是希望能够出人头地的，书中自有黄金屋，书中自有颜如玉。黄金屋就是物质、房子、汽车，颜如玉就是美女，就是妻子。读书就是为了功名利禄，为了升官发财。这些其实就是知识分子在社会中追寻的理想，通过自己的勤奋和努力成为有学问的人，实现自己的壮志，比其他人强，成为人上人。但宋江没有实现这些理想，因此他把这些理想解释为虚名，这还是一种精神胜利法，通过这种方式可以自我安慰，虽然自己的官不大，但是他的影响力大，甚至县太爷都没有自己的影响力大。在这种精神胜利的背后，本质上是一种防御，宋江通过这首诗所抒发的其实是对这个社会的不满。

唐宋八大家当中的一些人，比如被贬到潮州的韩愈，还有被贬的苏东坡等人，都是在仕途中遇到挫折或者是怀才不遇的人，这在那个年代是常见的事。所以人们说人生不如意十有八九。即使现在是盛世太平，国泰民安，当代人的生活也不是一帆风顺的，何况是在封建社会。人活一世是不可能事事遂意的，人生中的变化才是人生的意义所在。你一定要微笑着和你的命运和解，才能获得生命的快乐，人的生命之花才会在不经意之间悄然开放，这就是人生的意义和价值。

所以实际上宋江酒后吐真言，这个真言就是他的另一个自我，在他心中自己是一个怀才不遇的人。明明他能混得风生水起，左右逢源，但他最后还是沦为逃犯，他认为自己已经用尽了所有的智慧，用尽了他该用的所有的方法，最后才被逼上梁山。但是他真的是用尽了所有的方法吗？也许他的确是山穷水尽了，穷尽了所有的途径，但问题在于他没有用对方法。人不能够用尽方法，只是为了维持生活的一成不变。如果一个人渴望自己的人生一直是平坦的，那么就难免会小心翼翼、如履薄冰，就难免会想要左右逢源、两面三刀，难免会出现里外不是人的可能性，即使没有像宋江那样被逼上绝境，也早已忘记了自己的初心。作为一个士，作为一个知识分子，宋江的初心是想为这个社会做出贡献。但是由于要顺应社会的大潮，他必须明哲保身，随波逐流。所以在发展的路上，不要以安逸、平安、舒坦作为人生目标，该跌倒时还是要跌倒，该遇到困难的时候要遇到困难，有这样的心态才能活出有意义的人生。

另外，人还要有坚定的立场和做出选择的能力。这个立场不是指站在他人的立场，不是指某一个政治思想的立场，也不是一种价值观的立场，而是以自己的人格为出发点的立场，就是要有一些原则、一些底线，明确哪些是自己要坚守的，哪些是坚决不允许的。笔者从 36 岁的时候开始，花了 4 年的时间进行思考。以 12 年为一轮，36 岁是一个人第三轮结束，算是一个人的大生日。那时候笔者就开始思考，自己有没有超越生命，生命中哪些东西是自己可以放弃生命去维护的。

宋江的失败也是他个人成长的失败，他并没有成长为一个有着闪光的人格、有着独立自主的自由精神、有着独立人格的人。假如他能成为这样的人，那么哪怕他被迫害、被发配，他的人格也仍然是闪耀着光芒的，是光辉的。即使他仍然会上梁山，此时上梁山的他跟小说中上梁山的他也是完全不同的。如果宋江能发展完善自己的人格，也许他真的会改写历史。假如宋江拥有饱满完善人格，同时又有着一颗忠义之心，那么凭借他在梁山上的这些人，凭借他自己的名声，他并非完全不可能改变当时的社会。宋江的失败是注定的，这个失败是由于他的人格没有成长好，他无法做到厚德载物，或者说"厚格载物"。这里的格，是格物的格，也是人格的格，这里的物是一个人渴望获得的成就，是一个人渴望达到的高度。所以当我们无法得到某些东西时，不要去怨天尤人。命运是公平的，得不到想要的东西，很多时候是因为自己还配不上，是因为自己还没有做好十足的准备，这些东西没有配齐。

通过对宋江进行性格上的分析，可以得到的启示是，每一个人都一定要知道自己性格中的弱点和优势，并且要坚定自己的立场和底线，要知道哪些东西是坚决不能丢的，比如宋江一旦背叛了官方，无论他的出发点是什么，无论当时的人是否都这样做，他也永远无法成为一名忠臣了。

在大时代的背景里，在时代洪流中的小人物们，很多时候似乎都不能自主做出选择。但是事实真的是如此吗？什么叫作选择的自由？自由是哪怕在生命受到威胁的时候，还可以按照自己的想法去思考这个问题。哪怕你把我的头砍掉，在失去自己生命的前一秒，我还是不认可，还是要坚持自己的立场。这是真正的自由。

任何事情的成功和失败，都可以从一个人的人格基础中分析出原因。最终的成功总是依靠于坚定的、坚强的、强有力的人格基础。所以宋江个人的失败，以及梁山好汉最后的失败是必然的。希望每一个读者都可以在阅读的过程中去思考如何了解自己的优势，了解自己性格中的弱点，从而坚定自己的原则边界，坚守自己的人格阵地，在成为一个人的道路上能够有所选择，有所保留，最终能够实现自己生命的自由。

第六章
可怜可恨是林冲（上）

在分析完宋江的性格后，本章我们将要分析的人物是林冲。《水浒传》中，有许多人由于自己的性格缺陷使自己的命运走向低谷，走向糟糕的境地。

梁山好汉的出身都各不相同。有的是偷鸡摸狗的，比如时迁，有的是一般的农民，有渔民，有农民、猎户、小工商贩人，等等。这些人上梁山各有各的原因，但其中有一个人是人们一直很同情，但同时又觉得很可恨的，所谓可怜之人必有可恨之处，这个人就是林冲。

林冲在梁山好汉中受的委屈是比较大的。在我们的文化里，对他人的侮辱主要表现为三种形式：第一种是智商上的侮辱，就是别人会说某个人的智商低，以这样的方式去侮辱他人，这是一种很大的侮辱。第二种涉及人的祖先，比如说一个人是野种，侮辱他人的祖先，这不是侮辱出身，而是以种的概念对人进行侮辱。出身是有阶级的，种不好，就是一个人的品种不好。比如袁绍讨伐曹操的时候，让陈琳写了檄文，上面就侮辱曹操的爷爷是太监，曹操当时看了之后头疼病就治好了，那一顿侮辱非常狠，竟然把曹操给治好了。第三种则跟性有关系，往往是骂别人的母亲、姐妹、女儿，侮辱一个人家族中的女性。

一个是智商，一个是祖宗，一个是性。这三种侮辱，谁遇到了都是一种很大的打击。林冲就经历过这样的侮辱。他的妻子被高衙内调戏了。妻子被人侮辱是林冲走上另一条道路的开始。在这个过程中，人们可以看到林冲的性格中不但有一忍再忍的软弱，还有他在处理事情方面能力的欠缺。林冲是一个禁军教头，相当于现代一个警察部队的教头，但他处理事情的能力是有欠缺的。在现实生活中也有这样的人，虽然他们的社会地位很高，身担要职，但他们的实际能力与他们的地位是不匹配的，这个人的情商、能力和他所取得的地位不相称。比如一个人读书读到博士，现在分配到一个厅级的单位，随着发展成了一个不错的领导，社会地位也挺高，但是他可能没有办法处理好自己的私生活，尤其是在教育小孩或者是处理夫妻关系时，他经常感觉不得要领，就会造成很多问题。

在取缔邪教团伙的新闻中人们经常会发现加入邪教的往往有许多上层人物，有好多社会成功人士，这个发现让人们重新思考什么才算成功人士。成功不仅仅是指一个人在物质上取得的成就，也不仅仅是指一个人获得的社会地位。就像我们之前说的那样，宋江是不成功的，虽然他很有名声，他的名号很多，但成也名号败也名号，宋江的名号很多也说明他想要的太多。成功不能体现在单一的物质或社会地位上，成功应当呈现出一种立体饱满的状态，而不是某一方面不协调的饱和。

心理人格上的完善，体现在一个人是否能够化解危机事件。林冲面对自己生活中的危机事件时总是自怨自艾，即使是上了梁山以后也还是在受气。

林冲上了梁山以后，还是受制于王伦三兄弟。林冲作为一名禁军教头，本应是一个非常厉害的人物，何况他本身体力了得，是习武之人，而梁山又是靠实力说话的地方，他却偏偏还得受别人压迫，实在让人看不过去。所以说林冲的性格缺陷就是懦弱。其实现实生活中我们也经常会遇到类似的情况，曾经有一位朋友跟我说过他哥哥的故事：他从小就非常崇拜自己的哥哥，认为哥哥很了不起，做什么事都能成功。结果有一次，哥哥失恋了，这个事情一下就暴露出哥哥性格当中的缺陷，他在失恋后一蹶不振，变得很颓废。这反映了哥哥的强大只是一种单方面的、不协调的强大，而这种强大没有和他处理危机事件、处理情感问题的能力统一起来，他的成功不是立体的。所以我们说一个人的成功是要立体的。从这个角度来说，林冲的成就显然不立体。林冲虽然武功高强，但是在人格上有着严重的缺陷。

接下来我们会通过林冲的几个故事分析他的性格。讲故事是为了提供多方面的视角，把林冲这个人的人格多方面、多维度地描述清楚。本章的关键词就是立体的人格，成功的标准、概念，以及化解危机的能力。我们将从这几个角度出发，通过分析林冲的性格，从而带来一些启示。

话说林冲陪妻子去逛寺庙时暂时独自离开，这个时候恰逢高衙内遇到他妻子，劫住了他的妻子和丫鬟，并对他的妻子进行调戏。林冲听得有人在呼救，马上大步向前，飞奔而至。林冲本来要怒打此人，但是一认出对方的脸，他本来作势要挥下去的拳头顿时软了下来，因为他认得这个人。这个人就是高太尉的义子高衙内。偏偏这时候旁边的庄客还煽风点火，对林冲说：你不认得衙内？这么没规矩，把手放下！于是林冲甚至不敢表明自己就是被调戏者的丈夫，颤颤地把手松开，内心愤愤地走到一边，任由衙内和一帮庄客扬长而去。

而高衙内由于迷恋林冲娘子的美色，回家后一直闷闷不乐，他门下的庄客就给他出了一个馊主意，说林冲有个好朋友叫陆虞候、陆谦，可以安排陆迁约林冲出去喝酒，趁林冲不在把林冲的娘子骗出来，衙内自可跟她耍耍。陆虞候接到嘱咐，果然去找林冲，把林冲约到酒楼，叫上果酒，摆上宴席，和他一起喝酒。喝酒途中，陆虞候就问林冲为何最近闷闷不乐？两三杯酒下肚后，林冲就对着陆虞候抱怨起来：娘子被高衙内调戏，非常生气，受了这等侮辱，换谁都闷闷不乐。林冲与陆虞候喝到一半，家里的丫鬟跌跌撞撞地冲了过来，径直在楼下喊叫着官人，林冲问丫鬟发生什么事。丫鬟说："娘子被人诓走了，刚才你前脚刚出门，过不许久就有人来说你在别人家摔倒了，让娘子过去看一下，去了半晌，到现在还没回来，我便寻思着赶紧过来找你。"林冲一听便急急忙忙往家里赶。结果后来发现妻子被人带到了陆虞候家，林冲刚赶到陆虞候家就听见娘子在楼上大喊。林冲快步奔上二楼打开房门，高衙内已经跳墙跑了，林冲见到妻子第一句话便是：可曾被这厮侮辱？妻子答不曾，于是林冲将陆虞候家砸了个粉碎，从而引发了后面误入白虎堂等故事，而林冲的悲剧命运也从此开启。

自己的妻子被人调戏，林冲作为夫君没有跟对方理论，作为武将也没有动手，光是看见高衙内的脸就退缩了，让他逃走了，也不敢跟对方表明这是自己的妻子。最后妻子被人设计掳走，林冲找到娘子之后，第一句话竟是问可曾被这厮侮辱，作为一个堂堂七尺男儿，此番做法的确没有一个八十万禁军教头的胸襟，反而更像是一个小气男人的心思。假设妻子真的被侮辱了，他此刻又该有何感想呢？

让我们来假设一个场景，把林冲的遭遇变成一个实验情境，招募一百个被试，告诉他们，他们的妻子被一个他们的上司调戏了，以此来观察被试者的反应。我的推测是，这当中有相当一部分人会像林冲一样无法惩罚对方。遇到这种情况，会有相当多的家庭因此破裂。原因为何？因为这件事发生之后妻子觉得受辱，产生心理创伤，而丈夫并不去化解她的创伤，导致夫妻两个人心生芥蒂，就会出问题。

在男权社会的话语体系下，有些男性会去责怪自己的妻子，比较典型的责怪有：谁让你穿着这样暴露的衣服到处跑？虽然林冲没有这样做，但林冲也没做好，因为他并没有真正地体恤他的妻子。

许多不敢惩罚调戏者的人，跟林冲一样是出于性格原因。化解的方式有许多种，林冲却选择了不作为。假设林冲有三种化解的方法：第一种是直接诉诸暴力，对他一顿暴揍，打完之后直接就带着妻子走了，也不稀罕当什么教头了。第二种是不但要揍高衙内，还要他跟自己妻子道歉。第三种是表明身份。林冲好歹是个教头，高衙内不可能完全不怕他，有人推测，高衙内若是知道这是林冲的妻子，那么他是有贼心没贼胆的，这就是为什么应当表明自己的丈夫身份。但林冲什么都不敢做，这说明林冲看似有胆量，但他实际采取的行动跟他在外人面前的形象不匹配，这就涉及本章的重点，人格应当是立体充实的，像林冲这种状况可以称为"虚胖"。

　　林冲本身有一定的名气，高衙内对他是有畏惧之心的，可他没有好好运用自己的优势，一知道对方是谁自己就先手软了。金圣叹在点评水浒的时候，就重点点评了这部分：扒着肩膀，他一转身一看是高衙内，手先是软了。在这种情况下，说明什么？透过现象看本质，他不敢打高衙内，反映的是他性格上的缺陷，那就是他不懂沟通。懂得沟通的人会明白未必要采取暴力的方式，即使软了也有软的处理方法，比如他可以这样说："衙内，这是你弟妹（或这是你嫂子），你怎么能这样干呢？"一个人如果会沟通的话，即使是不敢动手的人也能通过这样的方式处理问题。坚硬有坚硬的处理方法，软弱也有软弱的处理方法。而林冲两者都没有，他是根本没有处理，他先是软了。首先，这说明他自己的内心是怯懦的；其次，他没有跟高衙内表明自己的身份，只是对着他干瞪眼，这个动作说明什么？说明他性格中缺失了沟通的能力。他和别人武枪弄棒，他可以和鲁智深打五十个回合，但一旦无法使用暴力，林冲就对沟通一窍不通了。高衙内不知道他是谁，再加上庄客在旁边添油加醋，林冲马上就哑口无言。

　　林冲既不打高衙内又不说明身份，高衙内等人还以为他是在多管闲事呢。从这个故事中就可以看出林冲人格中的两个缺陷：一个是软弱，一个是不懂沟通。小人有小人的办法，这里的小人不是指奸诈之人，而是说即使是不够强大的人，也有自己的一套解决方案。也许一个人不高大，但是他要有自己的办法。林冲如果跟高衙内这么一说，对方一客气，说不定也就一笑置之了，心里有什么仇过后再说，反正实质性的伤害还没有造成，也就算了。林冲被带入白虎堂，就是因为他不会处理和沟通。其实人人都知道他惹不起，他功夫太厉害了。他的失败是他人格上的缺陷导致的，首先是他的人格与他的武艺与他的社会地位不匹配，其次是他的沟通能力与他的社会地位也不协调。

　　我在前文中大胆推测，若是遭遇了跟林冲一样的事情，有50%的家庭会因此而破碎，为什么？因为通过这种事件，很轻易就能看透对方的本质。以前我曾在讲授旅游心理学时举过一个例子：夫妻两个人去旅行，遇到了抢劫，有的丈夫平常看似很木讷却保护了妻子，而有的丈夫平常甜言蜜语的，关键时刻跑得比谁都快，一看老婆被打劫，自己先溜了，事后很快就离婚了。这种事情在生活中很常见，所谓患难见真情就是这个道理。

　　问题就在于为什么作者偏偏把老婆被人欺负这个剧情安排在林冲身上。作者为何不给鲁智深安排这种剧情？按照鲁智深的性格，调戏者必然会被暴揍一顿，这个故事也就没有后续发展了。作者就是要安排在林冲这样一个软弱的、不懂得沟通的、逆来顺受的人身上，才能够显示出他的卑卑怯怯，才能显示出高俅这个贪官污吏欺霸的嘴脸，才能显示出封建王朝背景下的老百姓的疾苦。

然而安排剧情那是小说家的任务，我们心理学人的任务就是根据剧情分析人物的性格。那么这里就有一个问题了：小人为何专找林冲式的人？比如陆迁，这应该是欺压他最严重的人了。林冲把他当好朋友，待他不薄，那么陆迁为何敢这样对待林冲？因为他内心根本就看不起林冲。为什么？显然是林冲在平日里跟他的相处中表现出了自己性格上的缺陷，他的言行让对方看到了他的外强中干。哪怕他是八十万禁军的教头，他也是有缺失的。若不是把自己的弱点暴露了，陆迁是打死也不敢这样待他的。虽然陆迁不厚道，但与人交往时，人们第一个考虑的还是自身的安危。如果林冲是有实力并且有底线的，那别人是坚决不敢惹他的。

就好比杨志卖刀的故事，杨志就是碰到了一个横的，碰到了一个愣头青。愣头青是什么样的？不管三七二十一，逼急了什么事都做得出来。跟愣头青计较是绝对没有好处的，一个人一旦被人认定是愣头青，有了这样的名声，在这一带就没那么容易被人招惹。我故乡的村子里有一个和我同龄的人，我跟他关系很好，他就是典型的愣头青，一旦有人得罪了他，无论对方是什么人，他都必定会以眼还眼、以牙还牙。

这个愣头青在我的故乡也算是一个传奇人物了，但他的下场并不怎么好，我前一段时间回故乡，从他人口中得知他已经去世了。得知这个消息后我是很难过的，因为我跟他也是好朋友。据说他是在外出的时候，因为横穿马路出车祸去世了。这也侧面证明了我在书中反复强调的观点，性格决定命运，他的愣头青性格导致他做事不计后果，最终落得这样的下场。所谓常在河边走，哪有不湿鞋。有些人不懂得及时止损。有愣头青性格未必是坏事，重点在于要知道自己的性格缺陷，将劣势转化为优势。

　　回到对林冲的分析中来，有人认为，从现代人的视角来看，林冲这种性格的人，在当今社会是很容易交不到朋友，或者容易被他人利用的。举个例子，三国中的吕布，惶惶如丧家之犬，离开董卓之后，今天投靠这个，明天投靠那个，没有固定的目标，无法安定下来，最后住到刘备徐州的小沛，搞得自己空有一身本事却走投无路。读者可以想想，在当时，又有几个人是可以与吕布匹敌的？但他最终还是落得这样的下场，把一手好牌打得稀烂。这就是实力与地位不匹配，人格不立体、不饱满的下场。

　　性格决定命运。不了解自己性格的缺陷，无法调节自己的劣势，也就无法充分地运用自己的优势，对自身性格的不了解很容易导致悲剧的人生。前两章分析宋江的时候，我们发现宋江身上有一种假性完美主义，这也是宋江自己的悲剧。上文为林冲提出了几种处理方法，林冲可以诉诸暴力，直接揍高衙内一顿，或者采取软一点的手段，商量一下也可以，但林冲一个也没选，他的行为说白了就是不作为，是懦弱和逃避。解决问题未必一定需要拳头，就像前文提到的那样，小人有小人的做法，林冲不敢动手，但他哪怕表明自己的身份也好，可他也不说，人家还以为他是在多管闲事。

也许林冲表明自己的身份之后，高衙内也就不敢造次了，更不会有后面的故事，可他偏偏不敢，他的行为说明了什么？遇到困难他自己就先服软了。鲁智深想替林冲出头，他说：师兄你哪里去，我来帮你厮打。林冲心中也有怨气，他也想要痛打高衙内一顿，可是又怕损害了高太尉的面子。正所谓自古道不怕官，只怕管。但实际上林冲也不是怕高太尉，他怕的不是官，也不是管，他怕的是丢掉了自己的职位。他根本不知道和人的尊严比起来，一官半职根本没那么重要。

总结一下林冲的性格缺陷：第一，他性格软弱，遇到问题自己就先服软了；第二，他不会沟通，不知道如何表达，不表明自己的身份；第三，他害怕丢掉官职；第四，他没有站在妻子的角度上看问题，不懂得体恤他人。发生了这样的事情，最难过的人本应是他的妻子，他却不懂得安慰妻子。妻子被人骗走，差点遭到侮辱，林冲去找她的第一句话竟然是问她有没有被侮辱。后来林冲离开了，还要写封休书把妻子休了。说实话，林冲作为一个男人是不合格的，他不合格在哪里？不仅仅是因为没有保护到妻子而不合格这么简单，问题在于他没有理解女人的心，他不配拥有自己的妻子。

这里又涉及作者对人物的设定问题：为什么要给一个不配拥有妻子的人安排一个妻子的角色？其余的梁山好汉都是光棍，其中还有一些人是贪恋美色的，可作者偏偏给林冲这个软弱的角色配了一位妻子。话说林冲写了休书，他的妻子收到后陷入了极大的痛苦。他的丈人张教头对女儿说："你别怕，这是林冲的想法，等他走了以后，我不把你嫁出去就是了，爹爹相信你。"作为父亲，张教头知道女儿的心思是要维护自己的清白，林冲的一纸休书对她来说是严重的二次伤害。她是有情感创伤的女人，林冲做出这样的行为，就等于是在告诉她，自己嫌弃她了。林冲走之前的一纸休书，看似有情有义，表面上是给对方一个交代，但实际上是一种更大的伤害，这也说明了林冲是一个不懂得交流的人，哪怕面对的是自己最亲密的妻子，他也无法与她进行有效的沟通。

第七章
可怜可恨是林冲（下）

上一章我们对林冲的性格进行了初步的分析，林冲的性格是悲剧性格，所以这章我们要论述的是性格的立体与饱满。一个人只有拥有饱满和立体的人格，才称得上是一个成功的人。成功不是以物质和社会地位来衡量的，我们找伴侣也要找一个人格饱满、立体的人。

在上一章的末尾，我们分析到了林冲休妻。这个故事的完整版如下：

林冲执手对丈人说道："泰山在上，年灾月厄，撞了高衙内，内吃了一屈官司。今日有句话说，上禀泰山：自蒙泰山错爱，将令爱嫁事小人，已经三载，不曾有半点儿差池。虽不曾生半个儿女，未曾面红面赤，半点相争。今小人遭这场横事，配去沧州，生死存亡未保。娘子在家，小人心去不稳，诚恐高衙内威逼这头亲事。况兼青春年少，休为林冲误了前程。却是林冲自行主张，非他人逼迫，小人今日就高邻在此，明白立纸休书，任从改嫁，并无争执。如此，林冲去的心稳，免得高衙内陷害。"张教头道：

"贤婿，什么言语，你是天年不齐，遭了横事，又不是你作将出来的，今日权且去沧州躲灾避难，早晚天可怜见，放你回来时，依旧夫妻完聚。老汉家中也颇有些过活，便取了我女家去，并锦儿，不拣怎的，三年五载，养赡得她。又不叫她出入，高衙内便要见，也不能够。休要忧心，在老汉身上，你在沧州牢城，我自频频寄书并衣服与你。休要胡思乱想，只顾放心去。"林冲道："感谢泰山厚意。只是林钟放心不下，枉自两相耽误。泰山可怜见林冲，依允小人，便死也瞑目。"张教头那里肯应承，众邻舍亦说行不得。林冲道："若不依允小人之时，林冲便挣扎得回来，誓不与娘子相聚。"张教头道："既然恁地时，权且由你写下，我只不把女儿嫁人便了。"当时叫酒保寻个写文书的人来，买了一张纸来，那人写，林冲说道是："东京八十万禁军教头林冲因身犯重罪，断配沧州，去后存亡不保，有妻氏年少，情愿立此休书，任从改嫁，永无争执。委是自我情愿，即非相逼。恐后无凭，立此文约为照。年月日。"林冲当下看人写了，借过笔来，去年月下押个花字，打个手模。

正在阁里写了，欲付与泰山收时，只见林冲的娘子呼天号地地叫起来，女使锦儿抱着一包衣服，一路寻到酒店里。林冲见了，起身接着道："娘子，小人有句话说，已禀过泰山了，为是林冲年灾月厄，遭这场屈事，今去沧州，生死不保，诚恐误了娘子青春，今已写下几字在此，万望娘子休等小人，有好头脑，自行招嫁，莫为林冲误了贤妻。那娘子听罢，哭将起来，说道："丈夫，我不曾有些儿点污，如何把我休了？林冲道："娘子，我是好意，恐怕日后两个相误，赚了你。"张教头便道："我儿放心，虽是女婿怎地主张，我终不成下得将你来再嫁人。"这事且由他放心去，他便不来时，我安排你一世的终身盘费，只叫你守志便了。"那妇人听得说，心中哽咽，又见了这封书，一时哭倒，声绝在地，未见五脏如何，先见四肢不动。……

众邻舍亦有妇人来劝林冲娘子，搀扶回去。张教头嘱咐林冲道："你顾前程去，挣扎回来私见，你的老小，我明日便取回去，养在家里，待你回来完聚。你但放心去，不要挂念。如有便人，千万频频寄些书信来。"

在一开始分析林冲的性格时，我就讲过林冲性格中的最主要缺陷是懦弱，他本身无法面对妻子，这是他写休书的一个原因，但不是唯一的原因。休掉妻子，除了因为懦弱，是否有可能也有赌气的成分在其中呢？读者应当怎样理解林冲的心理呢？林冲心里很清楚，无论是基于妻子对他的忠诚，还是当时的社会背景，他的妻子肯定是不愿意再嫁的。那么他为何要将妻子休掉呢？正如之前写的那样，林冲作为一个男人，在事情发生时无法保护妻子，他知道自己的懦弱，并且对自己懦弱也感到愤怒，他是在跟自己赌气。另外的原因是，事已至此，林冲认为已无力挽回局面，结局已经注定了，除了休掉妻子，他认为自己别无选择。这也呼应了本书第二章所提出的论点：上梁山未必是真的走投无路，而是他们认为自己已经别无选择。

许多读者在阅读这个故事时会为林冲妻子的命运而哀叹，作为一个处在封建社会的女性，她无法保护自己，而她所依赖的男人也没能保护她。尤其是女性读者，更能感受到她无法掌控自己命运的悲哀，同时又对林冲的不作为感到愤怒。这不仅仅是林冲妻子一个人的悲哀，而是那个时代的女性普遍的困境。

在之前的分析中，我已经讲过林冲的懦弱原因在于他害怕失去自己的职位，害怕损害了高太尉的面子。也就是说，当面对有较高社会地位的人时、当他的行为有可能损害自己的社会地位时，他就会表现出懦弱。故事的后来，林冲被发配到了沧州，休了妻子。走在路上的时候，押解他的两个解差董超和薛霸，都是已经被高俅所收买了的人，高俅要他们在押送途中结果了林冲。董超和薛霸必须听命于高俅，但是林冲可是八十万禁军的教头，武艺超强，这时二人就陷入了两难的境地。于是这俩人商量之后心生一计，想通过在路途中的折磨让林冲精疲力竭而亡。他们借口说林冲是重犯，又武艺高强，给他换上了最重的刑具，还让林冲穿上最破旧的鞋子，哪怕林冲已经走到脚都磨破了，他俩仍然不断催促他赶路。

押送林冲时恰逢暑热天气，林冲嘴巴干、起了泡，他们也不给水喝。董超和薛霸想尽办法折磨林冲，可林冲却没有进行任何反抗，面对两人对他的羞辱，林冲完全没有做必要的抗争或者有力的争取。实际上，这两人的实力和地位都不及林冲，若是林冲反抗，是很容易击败他们的，可是由于林冲性格懦弱，他依然承受了。按照林冲的说法，他是为了让这两位差人能够向上级交差，所以他不想为难这两个差人。可是他的善意并没有得到回报，最后来到野猪林的时候，这两个人心中寻思此处隐蔽，树多叶密，是适合动手的场所。直到董超和薛霸动手之前，林冲都不相信自己会命丧他人手中，到最后他只能仰声叹息，说我林冲可能就此命丧。当然最后他被人解救，才有了之后的故事。

仔细阅读这个情节，读者可以更直观地感受到林冲性格中的缺陷，他的缺陷不是简单的委曲求全、逆来顺受，也不仅仅是因为面对权势而产生的一种退让。林冲即使是面对着能力不如他，或者说即便是小人物的情况下，只要他觉得自己不占理，他都会默默忍受，他是被封建思想完全洗脑的一个人物，这样的性格导致他的命运差点被这两个小人物所决定，差一点就断送了自己的性命。

林冲能当上八十万禁军的头目，说明他在武力和领导能力上水平较高，但是他在面对人生中遇到的挫折和困难时，体现出来的化解应对能力和情商都很低，这就是他个性上的不完善，缺少一些应对人生困境的积极心理品质。我们经常说，兵来将挡，水来土掩。兵是什么？水是什么？土又是什么？兵是比喻我们在生活当中遇到的一些难以对付的人，而水则象征我们在生活中遇到的一些难题，土可以堵住水，让水改道而行。林冲遇到的困难，表面看是很大的困难，但实际上是一个小的事件没有处理好才导致的。所以今天的教育若是想要培养出一个成功的人，就要考虑培养一个人的"土"、培养他的"将"，也就是培养积极的心理品质。

林冲没有良好的应对能力，所以区区两个小卒就把他给折腾坏了，林冲在回答两人的问题时说道："小人是个好汉，官司既已吃了，一世也不走。"可小人怎么会是好汉呢？好汉有自称小人的吗？林冲自认是个好汉，因为他是八十万禁军教头，因为他武功超群，可是仅有武功就是好汉了吗？好汉应该是有血性的人，只会功夫，那叫莽汉。薛霸听了林冲的话如何回答呢？

薛霸道："那里信得你说？要我们心稳，须得缚一缚。"林冲道："上下要缚便缚，小人敢道怎的？"薛霸腰里解下索子来，把林冲连手带脚和枷紧紧地缚在树上，同董超两个跳将起来，转过身来，拿起水火棍，看着林冲，说道："不是俺要结果你，自是前日来时，有那陆虞候传着高太尉钧旨，教我两个到这里结果你，立等金印回去回话。便多走的几日，也是死数！只今日就在这里，倒作成我两个回去快些。休得要怨我弟兄两个，只是上司差遣，不由自己。你须精细着：明年今日是你周年。我等已限定日期，亦要早回话。"林冲见状泪如雨下，便道："上下，我与你二位，往日无仇，近日无冤……"

这时的林冲实在是太天真，他还妄想二人能放他一马。

好在后来鲁智深出现，救了林冲一命。这里又有一个问题了：作者为何要安排鲁智深救林冲这一情节？这是为了让鲁智深和林冲形成一个鲜明的对比。林冲和鲁智深，一个过于优柔寡断、逆来顺受，另一个简单粗暴，两个人物一旦产生交集，双方性格上的反差就更加一目了然了。从林冲和鲁智深的性格对比中人们可以发现人需要有勇气，遇事要果断，不要心存幻想，不能一错再错。

接下来要分析的是风雪山神庙的故事。这是林冲被发配到沧州后。

到第六日，只见管营叫唤林冲到点视厅上，道："您来这里许多时，柴大官人面皮，不曾抬举的你。此间东门外十五里有座大军草场，每月但是纳草纳料的，有些常例钱取觅。原寻一个老军看管，如今我抬举你去替那老军来看守天王堂，你在那里寻几贯盘缠。你可和差拨便去那里交割。"林冲应道："小人便去。"当时离了营中，径到李小二家，……取了包裹，带了尖刀，拿了花枪，与差拨一同辞管营，两个取路投草料场来。正是严冬天气，彤云密布，朔风渐起，却早纷纷扬扬卷下一天大雪来。那雪下得密了，但见：凛凛严凝雾气昏，空中祥瑞降纷纷。须臾四野难分路，顷刻千山不见痕。银世界，玉乾坤，望中隐隐接昆仑。若还不到三更后，仿佛填平玉帝门。

林冲和差拨两个在路上，又没买酒吃处，早来到草料场外。看时，一周遭有些黄土墙，两扇大门。推开看里面时，七八间草屋做着仓廒，四下里都是马草堆，中间两座草厅，到了厅中，只见那老军在里面向火。差拨说道："管营差这个林冲来替你回天王堂看守，你可即便交割。"老军拿了钥匙，引着林冲吩咐道："仓廒里有官司封记，这几堆草，一堆堆都有数目。"老军都点见了堆数，又引林冲到草厅上，老军收拾行李，临了说道："火盆、锅子、碗碟都借与你。"林冲道："天王堂内，我也有在那里。你要，便拿了去。"老军指壁上挂着一个大葫芦，说道："你若买酒吃时，只出草场，投东大路去三二里，便有市井。"老军自和差拨回营里来。

只说林冲就床上放了包裹被卧，就坐上生些焰火起来。屋边有一堆柴炭，拿几块来生在地炉里，仰面看那草屋时，四下里崩坏了，又被朔风吹撼，摇振得动。林冲道："这屋如何过得一冬？待雪晴了，去城中唤个泥水匠来修理。"向了一回火，觉得身上寒冷，寻思："却才老军所说二里路外有那市井，何不去沽些酒来吃？"便去包裹里取些碎银子，把花枪挑了酒葫芦，将火炭盖了，取毡笠子戴上，取了钥匙出来，把草厅门拽上。出了大门首，把两扇草场门反拽上锁了，带了钥匙，信步投东。雪地里踏着碎琼乱玉，迤逦背着北风而行。

那雪正下得紧，行不上半里多路，看见一所古庙，林冲顶礼道："神明庇佑，改日来烧纸钱。"又行了一回，望见一簇人家，林冲住脚看时，……主人问道："客人那里来？"林冲道："你认得这个葫芦么？"主人看道："这葫芦是草料场老军的。"林冲道："原来如此。"店主道："既是草料场看守大哥，且请少坐，天气寒冷，且酌三杯，权当接风。"店家切一盘熟牛肉，烫一壶热酒，请林冲吃。又自买了些牛肉，又吃了数杯，就又买了一葫芦酒，包了那两块牛肉，留下些碎银子，把花枪挑着酒葫芦，怀里揣着牛肉，叫声相扰，便出篱笆门，仍旧迎着朔风回来。看那雪，到晚下得紧了。……

再说那林冲踏着那瑞雪，迎着北风，飞也似奔到草场门口开了锁，入内看时，只得叫苦，原来天理昭然，保护善人义士。因这场大雪，救了林冲的性命。那两间草厅，已被雪压倒了。林冲寻思："怎地好？"放下花枪、葫芦在雪里，恐怕火盆内有火炭延烧起来，半开破壁子，探半身入去摸时，火盆内火种都被雪水浸灭了，林冲把手床上摸时，只拽得一条棉絮。林冲钻将出来，见天色黑了，寻思："又没把火处，怎生安排？"

这个故事就是讲林冲去到草料场，实际上草料场就是布置下的一个机关，是管营设的一个局，因为林冲武功高强，别人打不过他。读者可以发现这些人对林冲还是抱有畏惧之心，这些人不敢明着使用武力，也不敢放暗箭、下毒，这说明林冲在他们心中还是比较有能力的。最后他们想使用的方法就是把林冲引进草料场，放火烧了整座草料场。为了除掉林冲，他们通过一种极其曲折的方式，动用如此大的人力物力，浪费掉整整一个草料场，这说明林冲本身是有实力的。

最后林冲在门后听到他们一行人的对话，才知道他们是想借机除了自己。这时候林冲彻底死心了，也彻底无路可退了。什么意思呢？如果林冲只是面临判刑，那么他可能还会继续默默接受，继续软弱下去，但眼下的情况已经危及性命了，若是再不反抗连命都难保。这时候林冲才奋起反抗。这说明什么呢？他的软弱。林冲在这个故事中的爆发并不是由于他性格上的转变，而是被逼无奈的选择。事实上，在这个事情结束以后，哪怕在上了梁山以后林冲的性格也没有任何变化。包括后来宋江游说兄弟们招安，他也不做实质性的行动去反对，而是被气得吐血。

何况上梁山以后，林冲是有人支持的，兄弟们都真心愿意帮助他，他遇到的阻碍并不大。林冲的性格是一种不利于心理健康的性格，每当他受了欺侮，他都不会发泄，而是将各种负面情绪隐藏起来。这种强行的压制实质上是一种自我攻击，这是一种生硬的压制，而不是对伤害自己的人的宽容。忍耐也是需要限度的，这就好比人类的生理系统。人的生理系统可以在人摄入了有害物质时进行化解，同时也将体内的废物排出，比如通过汗液、尿液等方式。人的生理系统也是有工作极限的，一旦大量摄入了有害物质，那么生理系统也有可能崩溃。心理健康也是同样的道理，隐忍不一定有好处，为什么？一个人受了委屈不去发泄，而是隐藏起来，只想让别人看到自己所谓的好的一面。这种性格实际上也是一种"好人"性格。"好人"性格中的"好人"是带双引号的，这种"好人"和宋江要做的全面的"好人"是不一样的，宋江要的是一种假性完美主义。

在一堂关于抑郁症的课程中，我曾说过：如果一个人在受到委屈之后不强求自己接受，不逼着自己忍耐，而是直接地发泄自己的怒气，那么显然这个人不太容易得抑郁症。那些得了抑郁症的人，恰恰是因为过度地忍受那些以爱的名义欺压他的人。有一些这样的人会转而寻求宗教的庇护，然而绝大部分宗教，尤其是佛教，都在告诉人们要忍耐。并不是说宗教不好，而是说抑郁的人的性格是不宜于用隐忍的方法去处理的。至于现在很流行的非暴力沟通法也是不适用的，因为非暴力沟通不可控，在沟通的过程中容易激发出一个人的被动攻击性人格，也就是通过攻击自己而达到攻击别人的效果。林冲当然不是这样的人，但这是林冲和他们的共性，这样的人的发展路径是很典型的，都是一开始逆来顺受，积累到一定量的时候突然爆发，爆发之后又恢复常态，开启下一轮从积累到爆发的过程。这些人长期处于极度的压抑当中，非常容易出现躯体上的病变。

　　因此我们不提倡过度忍耐，过于隐忍的人，命运不会太好。林冲是个可怜人，然而可怜之人必有可恨之处。哪怕他能稍微利用一下自己高深的武功，也不会有后来的命运了。作者安排了鲁智深救林冲的剧情，而鲁智深又是一顶一的高手，这其实是在通过这个剧情暗示读者，哪怕鲁智深是个高手，能救的也只是林冲的性命，无法拯救他悲剧的人生。林冲的悲剧人生不是他人造成的，而是由于不了解自身的性格缺陷，反复做出错误的选择才一步一步走向这个境地。

　　若是想让我们的孩子有一个美好的未来；就要从小帮助他塑造积极的人格，让他了解自己性格中的优势和劣势，发挥优势，转化劣势，那么孩子未来就能更好地发展自己的事件应对能力。无论外部环境如何变化莫测，多么糟糕，环境多么恶劣，孩子也能够随遇而安，逢凶化吉。

　　在着手分析《水浒传》之前，我的本意是分析梁山英雄的积极心理品质，但通过仔细的阅读我发现，纵观全书，只能找到几位好汉有积极的心理品质。这也恰恰说明，上了梁山的一百零八个好汉，他们可能在技能上都有过人之处，但是他们的性格是各有各的缺陷的。

　　比如说宋江就是选择能力欠缺、假性完美主义作祟，而林冲的问题则在于勇气的缺乏、沟通能力的缺失。这是非常重要的。本书进行到第八章，对人物的分析逐渐深入，下一章我们将开始分析书中最出名的人物之一——武松。

第八章
细品打虎英雄武松（上）

在我上小学的时候，有一部很出名的山东快书，讲的是武松打虎的故事。这个故事在中国家喻户晓，而山东的景阳冈酒也闻名全国。武松的故事在《水浒传》写成之前就在流传了，是一个妇孺皆知的故事。

武松作为打虎英雄的形象也深入人心，而且在某一些特定的历史时期，基于武松与潘金莲、西门庆的关系所创造的小说也反映了当时人民群众的文化心理。但是既然本书的内容是从人格心理学的角度出发，要着重分析的就是人物的性格，以论证性格决定命运的假设。既然本章以武松开场，想必就是要分析武松的性格了。武松是一个相当正面的人物，他的性格中有缺陷吗？有，就是自卑。自卑一直限制着武松，让他无法有更大的成就。

武松在人们心中绝对是一名好汉，是打虎英雄，并且在《水浒传》中，他算是结局相对较好的一名好汉。既然人们都认可他了，还分析什么呢？虽然武松的下场相对没那么难看，但他本可以有更好的出路，是他性格中的缺陷阻碍了他获得更好的发展。武松骨子里是一个自卑的人，但是他从头到尾都没有因为自己的性格缺陷去伤害他人，是一个非常善良的人。在所有跟武松有关的故事中，从来没有看到武松毫无道理地主动伤害别人。

《水浒传》的作者在书中显然反映了佛家和道家的思想，其中道家的思想占比重更大，比如他笔下的两位军师都是道家人物。而鲁智深这个人物的出现则把书中的佛家思想推向了高潮。根据书中同时体现出的数种宗教思潮，我们可以知道，作者所在的时代是文化大一统的时代，是儒道佛三教合一的时代。这种文化融合的趋势在武松的打扮上体现得淋漓尽致。武松是一个头陀，是一名行者，佛家讲求人的归宿，要有一个好的结果，所以武松的结局是相对较好的，鲁智深的结果也是不错的，也就是说作者有意给武松安排了一个符合佛教价值体系的结局。纵观全书，武松既不像其他人一样追名逐利，没有虚荣心，也不贪恋女色，可以说武松在当时就是一个普普通通的年轻人，从小失去双亲由哥哥带大，没有致命缺点。但武松的性格有一个相当显著的特点，那就是要面子。路过景阳冈的时候不听劝，喝了很多碗酒，到了山脚下看到公文才知道山中真的有虎。这时候武松心中是有点发怵的，但他要面子，怕被人笑，硬着头皮上了山。宁愿真的去跟老虎对峙，也不愿意放下身段转身回头，可见在他看来面子比性命还要重要。当然武松最后征服了老虎，这说明他确实很有实力，但重要的是他有这个胆量。面对真实的老虎任何人都会感到恐惧的，但武松为了面子，硬生生克服了恐惧，所以武松的这种要面子还带有几分天真的孩子气。

武松打虎的故事如下：话说武松走到阳谷县境内，在山脚下就看到有个酒家，打着酒旗，写着"三碗不过冈"，这个时候刚好是中午时分，武松有些饿了，结果因为店里的酒喝着顺口，又解渴，让他喝得很过瘾，于是他不知不觉就喝了十五碗酒。在提着哨棒准备要走的时候，店家提醒，这个冈上有猛虎，屡次伤人，过往客商只能是在这午间结伴而行，现在已经日过晌午，我劝你还是在我这里留宿，免得伤了性命。这个时候，武松说了一句，"这是酒家诡诈，惊吓那等客人，便去那厮家里宿歇，我却怕什么鸟"，横拖着哨棒就走向山冈。这个时候已经是申牌时分，其实就是下午的三点到五点，这个时候太阳慢慢地下山，走不到半里地，就见到一个败落的山神庙，行到眼前，就看到一个官方的印信榜文，上面写着：景阳冈上有大虫伤人，过往客商可于巳、午、未三个时辰结伴过冈。

　　武松这个时候读了印信榜文，才知道真的是有虎。想要转身再回酒店去，寻思，我回去时须吃他耻笑，不是好汉，难以转去。想了一会儿，说道："怕什么鸟！且只顾上去看怎地！"

　　于是硬着头皮就往上走了，走了走，日短夜长，天黑得早。他自言自语道：也没有什么大虫，人自怕了，不敢上山。酒力发作，他焦热起来，把胸膛袒开，踉踉跄跄就往乱树林走。这个时候，吊睛白额大虫出现了。武松见到大虫那一刻，酒就彻底地醒了。武松还是比较有策略的，他懂得大虫背后看人最难，所以一闪一躲，用他碗钵大的拳头将这个大虫一手一锤的就铺将下来。

　　武松一顿拳脚打得那大虫动弹不得。武松还怕那老虎不死，回头又寻他那棍棒，往猛虎身上又打了一回，打得那条大虫气都没了，再寻思我得拖着死大虫下冈去，就伸手到血泊里面去拖，哪里提得动。原来他那酒力一过，手脚都酥软了，动弹不得。武松在青石上歇了半晌，寻思道："天色看看就黑了，如果再跳一只大虫出来怎么斗得过？且挣扎下冈去，明早却来理会。"这个人还是有点战斗策略的，打完了现在没力气了，赶紧下冈。走不到半里地，只见枯草丛中又钻出两只大虫来。武松说："哎呀，我今番罢了"，还好，这两条大虫直立起来。原来是官府雇来的猎户埋伏在那边，准备抓虎的。故事大约就是这样。

武松之所以能够把猛虎打死，也有酒的一份功劳。武松能成功打虎算是借助酒精超常发挥，成就了一段景阳冈打虎的佳话，而武松也不是有勇无谋，他懂得如何巧妙地运用自己的武功，给老虎带来致命的打击。当然在这个故事中最大的推力还是武松要面子的性格特点，若是他不那么要面子，看到公文就会回去。

武松两兄弟在当时的社会背景下是普普通通的穷苦百姓。但武松年轻气盛爱闹事，打死了一个人后跑到了柴进大官人的庄上。当时武松是很不受欢迎的，因为他脾气暴躁。武松的脾气暴躁其实意味着他的家庭教育、家庭教养缺失。他脾气暴躁是因为他没有情绪管理的能力，也就是说在他成长的过程中没有人教育他。情绪管理是通过他人对自己有规则的爱、良好的互动慢慢形成的。武松为什么脾气暴躁？因为他没有经历过健全的家庭生活，没有被爱、被教育。武松一开始没什么成就，而且脾气暴躁，在别人眼里不过是个逃犯，自然没人看得起他。何况他出身贫苦，而柴进府上收留的人都是有点地位的，所以武松没有得到重视，直到宋江出现并和他结为兄弟。

宋江离开以后，武松踏上寻找哥哥的路，途中顺带打死了一只老虎。最后武松风风光光地被轿子抬着回到了家乡，一路上好不热闹。从这个角度来说，武松是成功的，他通过自己的努力一举成名。当武松回去找自己的哥哥时，人们都惊呆了，不敢相信武松有这样一个其貌不扬的哥哥。

哥哥看到武松载誉归来，心里特别感动。哥哥知道他们两个成长历程艰辛，人生之不容易，所以替武松感到高兴。可见在改变自己的人生上，武松是成功的，但他的这种成功并不能掩盖他性格中的一些缺陷。比如前文提到过，武松的骨子里是个自卑的人，而暴躁往往就是自卑的表现。自卑的人是极度渴望认可的，于是作者就顺势给他安排了一个打虎英雄的角色。

武松打虎后百姓都对他交口称赞，赞赏他为民除害的义举，周围的人都爱戴他。这个就好比新闻上经常看到的见义勇为事件，一个人出于机缘巧合和自己的善意，做了一件轰动社会的好事。武松打虎在当时就属于这种类型的事件，在打虎之前，人们由于武松的坏脾气而不认可他，这种不认可反过来强化了他的脾气，而打虎事件让武松得到了社会的认可，打断了这种恶性循环。打虎这件事就像一枚勋章别在武松身上，这枚勋章加强了他对自己的身份认同。

武松出名了，按理来说应该从此以后顺风顺水，得到更多人的爱戴，成为一个时代的大英雄，但他没有做到。为什么他没有从打虎英雄变成一个时代的大英雄呢？打虎虽是一件替民除害的善事，但这件善事的格局小，实际上并没有展现出武松在人格上的光芒。大英雄、真好汉不仅是在能力上，而且在性格上都是有闪光点的。本书一直在强调性格、强调人格和积极品质。读到这里，读者应该会发现，许多令人扼腕的梁山好汉，要是能在人格上再有一点进步，都不会落得书中那样的结局。

在本书中，我反复提出，一个人的性格、人格应当要配得上自己所拥有的财富和社会地位，配得上他人对自己的评价，这就叫作厚德载物。

在民间有这样的说法：刚出生的小孩，名字取得越接地气，越容易活下来。有富贵气息的名字，小孩承受不来。这里涉及的文化心理的问题，也侧面证明，名号要配得上自己实际的能力。

还有另一种常见的现象：晒幸福。很多人刚上完节目晒幸福，就被曝出配偶或自己出轨。中国的文化强调含蓄，要低调，不要张扬。树大招风，晒出来的人往往容易因此而吃亏。

前几段总结起来，可以提出两个观点：第一，名气要配得上实力；第二，树大招风，不要张扬。回到对武松本人的分析，武松的性格没有很大的缺陷，但也没有很显著的优点，成为百姓口中的打虎英雄已经是他的极限，若是他还想有更大的成就，想要更上一层楼，那么他的德行、人格和造化就必须要达到更高的水平。武松刚成为打虎英雄回到家乡就遇到了一个巨大的考验，这个考验就是他的嫂子。他嫂嫂第一眼见到他的时候，就喜欢上他了。于情于理武松都无法给她回应，但人们常说危机就是机遇，若是武松能把嫂嫂对他的好感转换成对这个家的爱的动力，不要粗鲁地处理这份感情，那么结果还是比较好的。人们经常听到女孩子会说：有人爱我不是我的错嘛，其实这个对男性而言也是一样的道理，被人喜欢很多时候并不是因为自己主动做了什么。

武松把嫂子喜欢自己归结为嫂子的人品问题，这说明武松的认知水平有限，他也因此没有处理好这份感情，间接促成了嫂子与西门庆的故事。若是他能够妥善地进行冷处理、软处理，西门庆也就没有机会乘虚而入。在封建社会，一个女性要背叛家庭是极其艰难的一件事，潘金莲背叛家庭，与武松处理情感的方式有很大关系，而武松的处理方式又和他的性格息息相关。武松的性格受到他成长经历的限制，他的缺陷让他只能达到某个限度内的成功，也无法正确处理他人对自己的情感。所以书中一直在讲性格决定命运，一个人的个性里所蕴含的积极品质，水平高低，数量多少，程度深浅，决定他未来的成就有多大。天道酬勤，一个人所能取得的好处都是跟自己的人格塑造有关的。别人对自己不好、没有碰到对的人，都要先从自己身上找原因。

通过分析武松杀潘金莲的故事，可以看出武松跟自己嫂子的互动模式是有严重问题的。为什么要提这一个故事呢？因为这个故事其实是武松整个命运的转折点，也是他哥哥、潘金莲的命运转折点，甚至在整部《水浒传》中，都是一个大的转折点。武松如何拒绝嫂子对自己的感情，这个处理是非常关键的。读者可以试想一下，如果武松在这个过程中处理得当，事情将会很不一样。以潘金莲的美貌，她为什么要嫁给武大郎？因为潘金莲是一个有个性的女性，大户人家看上她了，要让她去做丫鬟，可是潘金莲坚决拒绝，为什么她要拒绝？因为她就看不起这些人，这说明潘金莲是一个有个性、有自尊的人，对于爱情她有自己的追求和理想。于是人们恼羞成怒，把她送给武大郎，送给整个县城里最差的男人，这是一种对她的报复。但既然潘金莲跟武大郎能过那么久的日子，也说明潘金莲已经接受了自己的命运。但即使接受了命运，一旦遇到优秀的男性，也很难不心动。所谓自古美女爱英雄嘛。心动的人何止她潘金莲一个呢？武松本身长相标致，再加上打虎英雄的光环，整条街上有哪个女孩能不为之倾倒呢？

这一段是潘金莲看到武松时的描写：

那妇人在楼上看了武松这表人物，自心里寻思道："武松与他是嫡亲一母兄弟，他又生得这般长大。我嫁得这等一个，也不枉了为人一世！你看我那三寸丁谷树皮，三分像人，七分似鬼，我直恁地晦气！据着武松，大虫也吃他打倒了，他必然好气力。说他又未曾婚娶，何不叫他搬来我家里住？不想这段姻缘却在这里！"那妇人脸上堆下笑来，问武松道："叔叔，来这里几日了？"武松笑道："到此间十数日了。"妇人道："叔叔在那里安歇？"武松道："胡乱权在县衙里安歇。"那妇人道："叔叔，恁地时，却不便当。"武松说："独自一身，容易料理。早晚自有士兵服侍。"妇人道："那等人服侍叔叔，怎地顾管得到。何不搬来一家里住？早晚要些汤水吃时，奴家亲自安排与叔叔吃，不强似这伙腌臢人？叔叔便吃口清汤也放心得下。"叔叔道："深谢嫂嫂。"那妇人道："莫不别处有嫂嫂，可取来厮会也好。"

武松道："武二并不曾婚娶。"妇人又问道："叔叔，青春多
少？"武松道："虚度二十五岁。"那妇人道："长奴三岁。叔
叔今番从那里来？"武松道："在沧州住了一年有余，只想哥哥
在清河县住，不想却搬在这里。"那妇人道："一言难尽！自从
嫁得你哥哥，吃他忒善了，被人欺负；清河县里住不得，搬来这
里。若得叔叔这般雄壮，谁敢道个不字！"武松道："家兄从来
本分，不似武二撒泼。"那妇人笑道："怎地这般颠倒说！常言
道，'人无刚骨，安身不牢。'奴家平生快性，看不得这般三答
不回头，四答和身转的人。"武松道："家兄却不到得惹事，要
嫂嫂忧心。"

　　正在楼上说话未了，武大买了些酒肉果品归来，放在厨下，
走上楼来，叫道："大嫂，你下来安排。"，那妇人应道："看
你那不晓事的。叔叔在这里坐地，怎教我撇了下来！"武松道：
"嫂嫂请自便。"那妇人道："何不去叫间壁王干娘安排便了？
只是这般不见便！"

　　……

　　那妇人吃了几杯酒，一双眼只看着武松的身上。武松吃他看
不过，只低了头不怎么理会。当日吃了十数杯酒，武松便起身。
武大道："二哥，再吃几杯了去。"武松道："只好恁地，却又
来望哥哥。"都送下楼来，那妇人道："叔叔，是必搬来家里住。
若是叔叔不搬来时，教我两口儿也吃别人笑话。亲兄弟难比别人。
大哥，你便打点一间房间请叔叔来家里过活。……"

　　故事发展到这里，读者已经可以发现潘金莲的意图，她已经完全掉进了自己想象的爱情陷阱里。潘金莲是掉进了这个陷阱里了，那么武松又是什么情况呢？武松并非感觉不出来，但是他根本不会处理。武松最初是不理会，这实质上是一种逃避，很多事情不是你不理会就会消失。许多人遇到这种事会进行冷处理，可是冷处理只是在某一阶段掩盖事实而不是解决问题。

　　次日早起，那妇人慌忙起来烧洗面汤，舀漱口水。叫武松洗漱了口面，裹了巾帻，出门去县里画卯。那妇人道："叔叔画了卯，早些个归来吃饭，休去别处吃。"武松道："便来也。"
　　……
　　过了数日，武松取出一匹彩色缎子与嫂嫂做衣裳。那妇人笑嘻嘻道："叔叔，如何使得。既然叔叔把与奴家，不敢推辞，只得接了。"武松自此在哥哥家里宿歇。武大依前上街挑卖炊饼。武松每日自去县里画卯，承应差使，不论归迟归早，那妇人顿羹顿饭，欢天喜地，服侍武松，武松倒过意不去。那妇人常把管言语来撩拨他，武松是个硬心直汉，却不见怪。
　　有话即长，无话即短。不觉过了一月有余，看看是十一月天气。连日朔风紧起，四下里彤云密布，又早纷纷扬扬，飞下一天大雪来。

　　下大雪，武松回来得晚，潘金莲又在等他，这个时候在火炉旁的这一段对话，是潘金莲向武松表明心意。

那妇人把前门上了闩，后门也关了，却搬些按酒、果品、蔬菜，入武松房里来，摆在桌子上。武松问道："哥哥那里去未归？"妇人道："你哥哥每日自出去做买卖，我和叔叔自饮三杯。"武松道："一发等哥哥来吃。"妇人道："那里等得他来！等他不得！"说犹未了，早暖了一注子酒来。武松道："嫂嫂坐等，等武二去烫酒正当。"妇人道："叔叔，你自便。"那妇人也掇个杌子，近火边坐了。……（潘金莲）说道："听得一个闲人说道：叔叔在县前东街上养着一个唱的，敢端的有这话么？"

……

武松睁起眼来道："武二是个顶天立地、嘁齿戴发男子汉，不是那等败坏风俗，昧人伦的猪窝，嫂嫂休要这般不识廉耻，为此等的勾当。倘有些风吹草动，武二眼里认得的是嫂嫂，拳头却不认得是嫂嫂，再来休要怎地。"那妇人通红了脸，便收拾了杯盘盏碟。

读者需要特别留意这一段，它是最重要的。最后这段话，让武松从装傻充愣转向了对潘金莲的羞辱。潘金莲是一个有个性的人，敢爱敢恨，武松这样对待她，必然会在她心中激起恨意。武松一开始对她虽然不主动，但也没有表示出拒绝，到了不得不处理的时候他竟用言语侮辱了潘金莲。所以武松对这个事件的处理，首先就反映了他脑子确实不灵光，另外也反映出他素质较低。

武松应当学习一下燕青的做法。燕青说，嫂嫂坐下，让我给你斟杯酒，我哥从小把我养大……燕青动之以情晓之以理，含蓄而有修养。潘金莲是大户人家的丫鬟，而武松是街头的市井小民，二人本不是一个层次的人，更何况武松本身就有沟通能力上的缺陷，才导致了后来的悲剧。这事不能完全怪武松，但是又必须怪武松。怪不得武松是因为武松确实就只有这么大能耐，本身就脾气暴躁又缺乏良好教育的他，除了粗暴地表明自己的立场，直抒自己的情绪，想不出更好的办法来化解这一矛盾。结果他伤害了潘金莲，也没能解决问题，甚至可以说直接引发了后来的一系列悲剧。武松在性格上的缺陷并不明显，在一众梁山好汉当中，他的缺陷算是很轻的了，但就是这一个小小的不足，改变了他自己、武大郎以及潘金莲三人的命运。

第九章
细品打虎英雄武松（下）

　　我们继续谈打虎英雄武松。

　　面对潘金莲的示好，武松绝不可向前走一步，若是他屈服了，后世也就不会称他作英雄了。有人说若是武松答应了，后面也就没有西门庆什么事了。这与西门庆无关，而是武松本人就失去了自己的人格，他就不配被称作英雄了。面对潘金莲的示好，有上中下三种水平的策略。

　　上策就是武松能够化解嫂嫂对他的这一番情意，承认她的感情。武松可以感谢潘金莲嫁给自己的哥哥，按照过去的说法，长兄为父，既然哥哥相当于父亲，那么嫂子就是母亲，与母亲产生男女之间的情愫是断然使不得的。通过表达对嫂子的感谢，武松可以把潘金莲抬到道德和社会关系的制高点上，让潘金莲下不了台，顺水推舟地合理化二人的关系。如果武松的情商足够高的话，是可以想到这个对策的。

　　有人说武松可以将她发展为红颜知己，这是很危险的，不要说武松，连燕青这样机敏的人都掌控不了这种关系。因为潘金莲并不是一个放荡女子，不是玩弄感情的高手，她对武松的情愫就像久旱逢甘霖，她不是见一个爱一个。若是成了红颜知己，潘金莲断然不会轻易放手，那么二人的关系更是跳进黄河都洗不清了。武松不光是不解风情，他是没有受过这方面的教育，在这种情况下他没有能力处理和化解危机。要处理这种情况，需要有从小积累的教育，需要一个人受到过良好的修养、人格、品质教育，也需要根据具体情况随机应变的能力。接受嫂嫂的感情，并不意味着要肯定或者收下这份感情，而是要承认嫂子对自己的确有这样的情愫。但武松的处理方式不当，一席话把嫂子推向了自己的对立面。武松一家人的故事以悲剧收场，嫂子杀死了自己的丈夫，武松自己又杀死了嫂子和西门庆，这事发生之后谁会过得开心呢？武松自从杀了自己的嫂子和西门庆之后，再也不可能过得开心了。没了哥哥的武松从此就没有什么目标了，毕竟他本身就不贪图名利，没有什么事业心和功利心，那么说实话他活着也没有太大意思，唯有跟着别人走。对于武松来说，世上最重要的就是他的哥哥和他自己的面子。好不容易成了打虎英雄，在社会上有了点名气和面子，本以为生活有了转机，可是他竟然如此鲁莽地处理哥哥家的事情，让好不容易有了起色的生活又急转直下。如果他能换一种处理方式，也许这个家就不会四分五裂。

武松是由哥哥带大的，他犯了罪后流落他乡。但无论他跑到哪里，只要他哥哥还在，他总想着自己在阳谷县有个哥，那么他就还算有个家，至于哥哥和嫂子感情如何，都是次要的。

这是武松的第一个问题，没有处理人生危机的能力。

武松的问题其实从醉打蒋门神的故事就可以看出来了，这对

于分析武松的性格来说是非常典型的一个故事。这个故事讲述了
武松被发配并结识了施恩之后，就借酒劲打蒋门神。武松受到了
施恩的礼遇，得知施恩心头有这样一块石头，便自告奋勇解决这
件事。下面是这样一段描写：

　　武松又行到不到三四里路，再吃过十来碗酒。此时已有午牌
时分，天色正热，却有些微风。武松酒却涌上来，把布衫摊开。
虽然带着五七分酒，却装作十分醉的，前颠后偃，东倒西歪，来到
林子前，仆人用手指道："只前头丁字路口便是蒋门神酒店。"武
松道："既是到了，你自去躲得远着。等我打倒了，你们却来。"
　　……
　　那个捣子径奔去报了蒋门神。蒋门神见说，吃了一惊，踢翻
了交椅，丢去蝇拂子，便钻将来。武松却好迎着，正在大阔路上
撞见。蒋门神虽然长大，近因酒色所迷，掏虚了身子，先自吃了
那一惊；奔将来，那步不曾稳住。怎地及得武松虎一般似健的人，
又有心来算他！蒋门神见了武松，心里先欺他醉，只顾赶将入来。
　　说时迟，那时快，武松先把两个拳头去蒋门神脸上虚影一影，
忽地转身便走。蒋门神大怒，抢将来，被武松一飞脚踢起，踢中
蒋门神小腹上，双手按了，便蹲下去。武松一踅，踅将过来，那
只右脚早踢起，直飞在蒋门神额角上，踢着正中，望后便倒。武
松追入一步，踏住胸脯，提起这醋钵大小的拳头，望蒋门神脸上
便打。……先把拳头虚影一影便转身，却先飞起左脚，踢中了，
便转过身来，再飞起右脚。这一扑有名唤作"玉环步，鸳鸯腿"。

这是武松平生的真才实学，非同小可！打得蒋门神在地下叫饶。

武松喝道："若要我饶你性命，只要依我三件事！"蒋门神在地下叫道："好汉饶我！休说三件，便是三百件，我也依得。"……

武松道："第一件，要你便离了快活林，将一应家伙什物随即交还原主金眼彪施恩。谁教你抢夺他的？"蒋门神慌忙应道："依得，依得！"武松道："第二件，我如今饶了你起来，你便去央请快活林为头为脑的英雄豪杰，都来与施恩陪话。"蒋门神道："小人也依得！"武松道："第三件，你从今日交割还了，便要你离了这快活林，连夜回乡去，不许你在孟州住，在这里不回去时，我见一遍打你一遍，我见十遍打十遍！轻则打你半死，重则结果了你命！你依得么？"蒋门神听了，要挣扎性命，连声应道："依得，依得，蒋忠都依！"武松就地下提起蒋门神来看时，打得脸青嘴肿，脖子歪在半边，额角头流出鲜血来。武松指着蒋门神说道："休言你这厮鸟蠢汉！景阳冈上那只大虫，也只三拳两脚，我兀自打死了！量你这个直得甚的！快交割还他！但迟了些个，再是一顿，便一发结果了你这厮！"蒋门神此时方才知是武松，只得诺诺连声告饶。

从这个故事中可以看出武松的第二个性格问题：是非不分。这也导致了武松无法从小英雄变成大英雄。武松无法成为大英雄，首先是因为他在人生刚处于上升点的时候没能处理好危机，而这个危机导致了后面一连串的悲剧事件。这一系列的悲剧事件发生后，他基本上就一蹶不振了，难以东山再起。其次是由于他是非不分的性格。施恩的酒店也不是他合法得来的，而是他霸占的。施恩是小管营，武松到了这个管营，本来要挨杀威棒的打，有人告诉他花钱便可免于挨打，但武松不干，非要挨打。这就体现了武松的第三个性格特点：吃软不吃硬，这个性格是他的最大弱点。

武松本来准备挨打了，结果这时来了一个小管营，也就是施恩。施恩看到武松这么高大，是个可以利用的对象，便心生一计想利用武松把蒋门神赶跑，夺回快活林。施恩的出手相救明显动机不纯，但武松却偏偏中了他的计，这就是武松的性格特点，别人越来硬的，他越是要违拗，而吃软不吃硬其实是一种很严重的性格缺点。话说施恩好酒好菜供着武松，武松吃了两三天不干了，问施恩到底想干什么。施恩还是不老实，对武松说自己仰仗他打虎英雄的旗号，想跟他结为兄弟，交个朋友。施恩怎么可能真的这样想呢？他根本是在利用武松，但是他讲的话正好击中了武松的软肋，也就是吃软不吃硬。听了施恩这一番话，武松果然决定拔刀相助。

本来武松就吃软不吃硬，再加上施恩讲的话句句都是武松爱听的，武松便这般落入了施恩的圈套。虽然蒋门神也不是什么好人，但武松帮助施恩，也属于助纣为虐的行为，体现了他性格中是非不分的缺陷。武松为什么会没有判断是非的能力呢？其实问题的根源还是一样，是教育的缺失。武松的家庭教育是缺失的，他没有社会基本价值观，因此他在做判断的时候就只能凭第一感觉来：谁对自己好就听谁的。结果这样他又很快吃亏了。

　　帮助施恩把快活林夺下来之后，蒋门神跑去跟张都监诉苦，人家怎么能吃这个亏？张蒙方张都监马上就来了，叫武松去见面。武松到他的宅前下了马，跟那军汉直到厅前，这时候张蒙方在厅上见到武松来，大喜道："教进前来相见。"武松到厅下，拜了张都监，叉手立在侧边。张都监便对武松道："我闻知你是个大丈夫，男子汉，英雄无敌，敢与人同死同生。"这话一下子就让武松飘飘然了，大丈夫、男子汉、英雄无敌，敢与人同死同生，武松心花怒放。武松就是这样，禁不得夸。但他这样不是虚荣，而是自卑，在成长的过程中他没有得到他人的认可，缺少自尊。

　　张都监问武松："我帐前现缺一个人，不知你肯与我做个亲随人吗？"张都监是什么人物？他是地方的司令部的一个司令员，警卫司令员，相当于一个小部队的领导。张都监问武松愿不愿意在他身边做个随身的武警，武松是什么反应呢？他跪下称谢道："小人是个牢城营内的囚徒！若蒙恩相抬举，小人当以执鞭随镫，服侍恩相。"

　　武松的这个回答反映了在封建社会的背景下，《水浒传》中很多人物都有的典型的奴性。武松虽是打虎英雄，但骨子里还是有奴性，张都监稍微对他好一点，他就连尊严都不顾了。

　　所以总结下来，武松性格中的缺陷主要有以下几点：一是自卑、情商低，二是吃软不吃硬，三是无是非之心，四是骨子里有奴性。张都监施舍他一个小职位，他就感恩戴德，他当时可是全国少有的高手，这说明他还是很自卑，对自己的期望不高。别人夸他大丈夫、男子汉、英雄无敌、敢与人同生同死，他就像被人灌了四壶酒一样飘飘然了，可见张都监深谙人性，知道如何抓住武松的弱点。

所以说《水浒传》的作者对人性的刻画可谓入木三分，通过对人物行为的简单描写，就把每一个人物的性格展现得淋漓尽致，这便是文学的力量。文学的魅力就在于文字之间的这种美妙，三言两语就让读者对人物性格一览无余。武松跪谢后张都监大喜，便叫人取果和酒来，亲自赐了酒，叫武松吃得大醉。武松这样做是非常没出息的，令人看不起，所以一个人要改变命运是非常难的事情，为什么这么说呢？很多人渴望改变自己的命运，但他们看不到自己的命运早就写在自己的性格中，那些不愿看清自己却还妄想改变命运的人，就像一头拴在石磨边的毛驴，只能在原地打转。在哲学的领域内，我们说发展应当是螺旋上升的，原地打转是必然没有结果的。按理说武松打死了老虎，成为打虎英雄，一举成名，光宗耀祖，这对于他而言是一个极佳的改命机会，他转变命运的起点是很高的。武松回家后本该妥善处理嫂子对自己的感情，不要用自己飘忽不定的态度给嫂子希望，更不要在给她希望后再用语言侮辱她。本来武松回到家，给哥哥带来了希望，但他处理感情问题能力的缺陷间接导致了哥哥的死。这一连串的事件就像多米诺骨牌，一步错步步错，而这一切的起源就是武松的性格缺陷。尽管这些悲剧不是武松直接造成的，但他在其中起了重要的作用，所谓雪崩之时没有一片雪花是无辜的。从武松的故事我们可以看出，性格不但决定自己的命运，还可能决定他人的命运，认清自己不仅是为了对自己负责，还是为了对别人负责。

　　回到武松醉打蒋门神的故事上来，上文说过武松这种行为是是非不分的表现。但有人反驳：若是武松不去帮施恩，那最后必然会被施恩记恨，下场也会很悲惨。可是人在乱世中本身就很难两全，想当好汉和想要苟活必然是会有冲突的。好汉之所以能被称为好汉，是因为他们做出了正确的选择，留下的是自己的精神光辉。一个人身后能否被人记住，并不取决于他世俗的成就，不在于物质和地位上的成就，而是在于他的为人，他的精神特质。但想要有闪光的人格特质，就必须成长，而成长必然是令人痛苦的。英国有一个著名的研究，学者挑选出 14 名研究对象，在他们出生以后每 7 年进行一次回访，描绘他们的人生发展轨迹。直到这些研究对象 56 岁时，根据对他们的 8 次回访，研究者得出一个结论：一个人的发展是跟他的出身密切相关的。这在人类学领域叫作内卷化。内卷化是什么？国内曾经有一个很有名的人类学笑话。研究者问农民，你放羊干什么？农民答，挣钱。学者又问，挣钱干什么？答曰，挣钱娶媳妇。学者继续问，娶媳妇干吗？农民说，生娃。学者不依不饶：生娃干什么？农民想都没想便答道：放羊。

　　有人会反驳说：现在的农村孩子也早就不放羊了。那他们干什么？上学。上学干什么？上学考大学。考大学干什么？当教授。当教授干什么？当教授发论文。发论文干什么？挣钱。挣钱干什么？娶媳妇。娶媳妇干什么？生娃。生娃干什么？上学。放羊的儿子当了教授，还是跟放羊一样内卷化，放羊和读书，仍然没有本质上的区别。哪怕你说我不在老家上学了，去出国留学，留学干什么？本质还是不变。一个人在精神上、人格上、文化思维上没有转变，无论怎么读书，怎么有成就，思想层次还是跟先辈一样没有太大变化。读书就比放羊强了吗？人们常说，现在在办公楼里朝九晚五的白领，跟当年在缝纫厂踩缝纫机的女工没有任何差别，只是看起来更光鲜亮丽，内容变了而本质没变。

　　问题不在于一个人做什么，不在于职业、身份，关键在于人骨子里的精神、文化思维、价值观、人格特质。尽管武松很多行为都是他的性格所致，但我同时也认为武松缺少生命中的贵人，除了性格和实力，机遇也是很重要的。武松遇到了柴进，而柴进是个什么样的人呢？柴进不顺着武松的心意来，按照咨询师的话术来讲，就是柴进恰当地给武松"喂"了一些挫折，不满足他的虚荣心，给他"断奶"。武松也遇到了宋江，宋江则是一个专门投其所好的人，一上来就要跟人结拜，满足武松的虚荣心。宋江是江湖上响当当的人物，能跟他做兄弟所带来的满足感，比张都监给他灌的那四壶迷魂汤还厉害。武松若是遇到能够教化他的贵人，那么也许他转变的可能性会更大一些。

　　武松虽然是一个虚构的人物，但是在现实中、在历史中有很多这样的人。他们出生在穷苦的家庭，小时候经历波折，好在还有一些先天的条件，比如武松就是长得高大威猛，打虎出了名，本以为之后的人生可以步步高升，却还是栽在了自己手上。当然也有不少人觉得武松的发展已经算是中上水平了。

　　对《水浒传》中人物性格和社会文化心理的分析，到目前为止已经完成了宋江、林冲和武松三个角色。本书无法逐一分析所有角色，只能挑一些值得重点分析的人物。沿着本书提供的视角阅读，相信读者已经看到，本书是在诠释人格的成长、自我的完善、人生的幸福和成功。虽然《水浒传》的时空背景和今天已有相当大的差异，很多问题现代人已经不用去面对了，比如没有封建社会了，没有欺男霸女了，可是人们依然会发现里面有许多困境，即使放在当代也依然适用。这说明不论是在什么时代，性格与命运都是息息相关的，这是古人和现代人的共性，性格是无论历经多少时间都不变的一个重要因素。

我们分析过宋江的假性完美主义、逃避的心态，林冲的隐忍性格，也分析了武松的四个性格缺陷，那么我们想说的除了性格决定命运，还有什么别的东西呢？我想说的是，即便是英雄，性格中也会有缺陷，一个人不可能是十全十美的，而寻找、面对并改变自己的性格缺陷是一件难度极高的事情，我们不能因为他们没完成这部分就责怪他们。人人都想完善自己，但要如何才能实现呢？这并不是一件容易的事情。如何发现并面对可能会影响到自己命运的、性格中致命的缺陷，发现后又如何接受并通过我们自己的努力去弥补它，让自己尽量在自己的人生中更加幸福，或者让自己的人生更加趋向于完美，这些都是一个人在一生中需要持续学习的重要课题，这不能一蹴而就，而是需要反复实践，终身学习。

前面解读了几个人物的性格缺陷，比如说宋江的假性的完美主义、不知道取舍，武松的吃软不吃硬、化解危机能力的缺失、无是非之心，还有林冲的软弱、逆来顺受。其实在阅读的过程中，人们就会从他们身上找到自己的影子，会开始对号入座。这些缺陷其实是很常见的，几乎人人都会有，只不过人们的表现不会完全相同。性格中的缺陷会在遇到危机、需要处理事件的时候显现，而当它显现的时候，就是一个很好的自我成长的机会。通过对自己缺陷的分析，完善自己的人格，是一条很好的个人成长之路。人之所以成为人，是因为我们每个人都走在自我完善、自我成长的路上。

第十章
"虚胖"卢俊义的被动人生

　　分析完宋江、林冲和武松的性格后，我们继续进行其他人物的分析，通过分析来看人物的性格如何影响命运。仍旧是先从人物的故事说起，再从故事中看人物的性格和他的人生发展和他的命运走向的关联度。本章要说的这个人是非常重要的，因为他是梁山排名第二的玉麒麟——卢俊义，是河北大名府首屈一指的人物。关于卢俊义有许多可以分析的地方，本章会慢慢道来。

　　作者描绘梁山好汉用了相当多的手法，不仅描绘出人物，也勾勒出当时的社会背景。本书一开头就分析过，逼上梁山是被谁逼的呢？人们普遍认为是官逼民反，那么假设这个看法是正确的，是官逼的，那么官又代表什么呢？代表的是统治阶级，实质上是统治阶级逼民反。而统治阶级实际上代表的又是封建社会，也就是说封建社会把人逼上了梁山。但事实上梁山好汉中有相当一部分人不是被封建社会逼的，而是被是一种社会上的风气、歪门邪道给影响了。卢俊义为何上梁山？他走上了上梁山的道路，是因为他听信了一个算命先生说的话。算命先生在书中是道家文化的一个隐喻，宋朝是三教合一的朝代，卢俊义听信算命先生的话，是作者在暗示儒释道三家主流学说思想，被别有用心的人利用后，泥沙俱下、良莠不齐，甚至发展成一股歪风邪气。所以当时不光有来自封建社会的压迫，同时还有社会不良习气的影响，社会中弥漫着一股不健康的思潮。在一个健康的文化和社会中，算命先生所说的话是无法发挥决定性作用的。卢俊义听信算命先生的话上了梁山，但他绝不是个例，这说明人们都在这种歪风邪气中被影响了。所以除了封建社会逼人上梁山，社会中的不良风气也是好汉上梁山的一个因素。

除了前两个原因，还有第三个原因，那就是江湖义气，为了别人，为了所谓的好兄弟而做出一些莽撞的行为，使自己的命运发生转变。但是这种义气实际上更像是一种骗局，就比如上一章讲到的武松，为施恩去打蒋门神，然而施恩真的欣赏他，真心实意把他当成兄弟吗？不是，施恩是看中了他的武力，想要利用他而已。而武松却误把他人的利用当成好意，为了所谓的义气而将自己置于不利的境地。所以在《水浒传》中，大部分人的命运都因此而改变，除了个人因素外，他们由于封建社会、社会风气和所谓的义气这三大力量被逼上梁山。

从封建社会的角度出发去分析梁山好汉的心理，读者就会觉得他们是封建制度下的受害者，然而他们真的只是封建制度、统治阶级的受害者吗？真的是官逼民反吗？不是。除了官逼民反，还有"气"逼民反，也就是社会风气，以及"义"逼民反。这个义是假义，假情假义，不是真正的义气。真正欣赏别人人格、把别人当兄弟的人是希望对方好的，绝对不会让好朋友受苦，把对方好好的生活打乱。所以要从多个角度来分析，梁山好汉中固然有人是被社会制度逼的、被权力逼的，比如说林冲就属于这种情况，有头有脸的大人物认为他是个阻碍，要除掉他，他确实迫不得已，但你说杨志是被社会逼的吗？不是。杨志就是为了祖上的面子，为了家族的面子而上的梁山，而且他更多的是因为被家族中的人拖累，被宗族观念所束缚。在当今社会中其实也有这样的现象，父辈将光宗耀祖的任务强加于后代身上，把过高的期待赋予了后代而不考虑他们自己的人生，这也是社会观念的问题。

卢俊义的结局是被赐死，他喝下含水银的御酒，腹痛难忍无法骑马，在坐船时落水而亡。一个堂堂男儿竟落得如此尴尬的死法，不但不壮烈，甚至令人感到悲哀。那么卢俊义又属于什么情况呢？被逼上梁山的三种外部因素中，他符合哪一种呢？作者对卢俊义的描写也特别有意思，他刻意让卢俊义受了好几遭罪，第一就是为了躲灾星而背井离乡，狼狈而荒谬。我们民间传说中只有小孩子会躲灾星，不过是走个亲戚的事情，而卢俊义倒好，直接躲在了梁山边上，而且还一路向前，一直到梁山。卢俊义被人戏弄而远走他乡，作者给他安排这样的剧情，让他一开始就出了丑。

第二，作者又给卢俊义安排了老婆给他戴绿帽的剧情。作者为了体现出林冲的懦弱性格，给他安排了娘子遭人调戏的剧情，林冲一忍再忍，最终被逼上梁山。现在他又给堂堂玉麒麟安排了类似的剧情，用意是什么？林冲和卢俊义，一个是武艺超群，一个是富甲天下，他们是截然不同的两种人，为什么要给他们安排一样的剧情呢？作者让卢俊义这个大豪杰在阴沟里翻船，不仅仅是为了批判黑暗的封建社会，也是为了反映出封建制度下的民不聊生。通过对每个人的命运的安排，作者实际上说明了这些人的性格中有着难以弥补的缺陷。林冲的缺陷本书已经详细分析过了，那么卢俊义的缺陷是什么呢？卢俊义富甲天下，竟然因为听信算命先生的胡言乱语，就被吓得落荒而逃，他的行为与他的社会地位是完全不符的。

卢俊义上了梁山后地位也是很尴尬的，因为他在梁山没有相熟的人，无依无靠。梁山上几乎人人都是宋江的兄弟，而卢俊义谁也不认识，再加上他社会地位比其他人好，在梁山上就是鹤立鸡群，空有一身本事无法用上，只能被人利用。梁山好汉们看卢俊义是有头有脸的人物，便利用他的社会地位和名声，壮大梁山的声势，也好挽回一点梁山的名声。更可笑的是后来宋江想利用卢俊义坐头把交椅，拿他当幌子。晁盖在离开的时候已经看出来宋江不可能带着兄弟们过上好日子，于是故意为难宋江。他已经表明态度了，他不希望宋江成为梁山的领导人。若是晁盖不立遗嘱，领头人的位置自然就是宋江的了，而他立了这个遗嘱，其实就是不想让宋江坐头把交椅，而宋江最后也违背了晁盖的遗嘱。宋江从来都没有真正忠于什么人，皇帝要他忠，他背叛忠，父母要他孝，他背叛孝，兄弟要他义，他又背叛义。老大要他遵守遗嘱，他也同样违背了遗嘱。

我们说到宋江要利用卢俊义。读者可以发现卢俊义总是在被利用的，他总是陷入别人的计谋中。在《水浒传》中，可以发现，越是大豪杰就越容易陷入他人的奸计，为什么作者要这么安排剧情呢？作者在说明什么？两个字概括起来，就叫"虚胖"。在这里我先卖个关子，让读者先听完卢俊义的故事，听完之后再展开讲讲什么叫"虚胖"，这是一个非常有趣的概念。接下来先看《水浒传》第六十一回中吴用自传玉麒麟的一个片段。

话说军师吴用和李逵化装成了道士，来到了熙熙攘攘的北京城大名府，河北玉麒麟卢俊义家的当铺门口。吴用自称算命先生，这算命先生要价还不低，看一次相、算一次命要一两文银，这价格在当时算是比较高的，跟市井算命的开价不太一样。按照现在的说法就是坐地起价。卢俊义请算命先生去了他家。吴用是一个智多星，他就要了一个小小的心计，为卢俊义留下了未来走上梁山的一个很重要的心理暗示。这个心理暗示是什么？那便是吴用在卢俊义家宅题下了一首算命的诗。他是这样写的："芦花丛里一扁舟，俊杰俄从此地游。义士若能知此理，反躬逃难可无忧。"并告知卢俊义，若是逃到大名府东南方一千里之外，就可以避此大难。卢俊义被他说得一愣一愣的，可见当时人们对道教的信赖程度。读者会发现这首诗是一首藏头诗，写的是什么？卢俊义反，而且题在他宅邸的墙面上，这就为未来卢俊义走上梁山埋下了一个强烈的伏笔。

另外，卢俊义家大业大，家里有一帮管家，而其中有一个首领管家叫作李总管，全名叫李固。李固自幼家中父母双亡，是卢俊义收留了他，并且出于对他的信任，让他做了家里的第一主管，也就是所谓的管家。但这个管家不地道，卢俊义平时爱好结交一些朋友，到处喝酒，就冷落了他的妻子贾氏，结果李固乘虚而入，跟卢俊义的妻子混在一起。这个情节也为后来卢俊义走上梁山埋下了一个很大的伏笔。

当时卢俊义是大名府的首富，没想到经由算命先生这么一说，内心就焦灼不安起来，按现在的说法就是焦虑升级了。他马上离开家去躲灾星，而这个行为直接导致了他跟梁山好汉的近距离接触。

从上文的两个故事中，读者可以发现卢俊义富甲一方，一表人才。以他的身份地位和经济水平来说，他是不屑与梁山上这些落草贼交往的，因为从当时的社会环境来看，人若不是万不得已是绝不会走上这条路的。《水浒传》中的一百零八个好汉基本都是草根阶级出身，而且他们手上的人命官司也不少。

这样一来，卢俊义这个角色就显得更加有趣了。吴用一分钱都没有收，只是在鼎鼎大名的大名府首富玉麒麟卢俊义家的墙上题了一首诗，就激起了卢俊义心中的恐惧，让他抛下自己优渥的家产逃跑。这也可以看出智多星吴用在这个过程中使用的心理暗示法的作用。

而这恰恰也反映了社会环境的歪风邪气，这股歪风邪气导致了整个社会风气的偏离。社会文化不健康，而人是浸染在社会文化中的，任凭你是江湖豪杰还是富甲一方，在这样的背景下都难免受到影响。连皇帝都在想成仙，大臣都在想着求运，普通的财主更是逃脱不掉这股风气。本章一开始就说过，好汉被逼上梁山是由于三股外部力量。接下来要展开讲的是"虚胖"这个概念。

"虚胖"是什么意思？就是说一个人看起来胖，实际上并不是真正的强壮。梁山好汉都有外表刚强、强大的一面，但实际上有一些地方是薄弱的。正是这些薄弱之处让他们的命运叵测，把自己逼上走投无路的境地。为什么有些人出身贫寒，经历曲折，但是却能绝处逢生，而有人身在福中，最后却走投无路？这就是性格导致的，是他们性格中的缺陷让他们不断地走下坡路。林冲的"虚胖"体现在内部，而卢俊义的"虚胖"体现在外部。为什么说林冲的"虚胖"体现在内部呢？因为林冲性格懦弱，所以他是属于人格、性格上的问题。而卢俊义的"虚胖"在外部，则是因为他表面上富甲一方，非常有名望，但他身边一直跟着的就只有三个人：他的妻子贾氏、管家李固以及燕青。而三个人中还有两个人互相勾结，背叛了卢俊义，只有燕青一个人对他忠诚。卢俊义到了梁山后他也没有朋友，说明他"虚"得厉害。

钱和名望都可能是"虚胖"的外在表现，哪怕卢俊义富甲一方，一旦遇到大事，钱能起到的作用还是相当有限。所以有人说钱不是万能的，但没有钱是万万不能。总之，金钱在命运面前太微不足道了。有些人混得好的时候，喜欢显摆他跟大人物的关系，但等他出事以后却没人能帮他，这就是"虚胖"的表现，人际关系的"虚胖"，也是外在的。卢俊义的虚是名声的虚，是人际关系的虚，是社会资源的虚，是社会支持系统的虚。宋江就是一个反例，他建构了一个良好的社会支持系统，宋江的人际关系和地位是不虚的。所以卢俊义是外部的虚，而林冲是内部的虚。

在人的一生中，什么东西才是最实在的？是钱还是社会地位？

如果是这些的话，为什么卢俊义还是上了梁山呢？事实上卢俊义骨子里是不愿意落草为寇的，卢俊义日子过得不错，他是有一点心高气傲的。不仅仅是他，梁山上好多人骨子里都是不愿意的。那么对人生来说什么是实在的？不是外在的财富，不是外在的名望，更不是宋江用钱换来的兄弟、社会的支持系统。我和某人关系如何好，认识的朋友地位如何高，到关键时刻这些全部都是"虚胖"，都是泡沫，人这一辈子需要的是更实在的东西。要搞清楚自己是谁，是否有着自己独立自主的价值观、自由的精神，以及独立的人格。卢俊义若是有，就不会被算命先生牵着鼻子走，就不会被一个梁山的贼寇要得团团转，最后就不可能喝毒酒坠江，落得如此尴尬的下场。

　　而卢俊义的仆人燕青，作为一个被收养的小人物，他的命运却和卢俊义大不相同。这更加体现出有自己的学问、有自己独立的价值观、有自己独立的人格，即使外部环境不尽人意，有来自统治阶级、封建社会的压迫，有不健康的社会文化，也没那么容易被影响。现在有一些人，本来日子过得好好的，生意做得也不错，还当上了小领导，前景光明，结果因为别人的三言两语就乱了阵脚，就像卢俊义一样。为什么卢俊义会遇到算命先生呢？吴用千里迢迢就奔着卢俊义去的，就是特意骗去他的，而且一骗一个准。为什么卢俊义那么容易接受心理暗示？读者可以想象一下，如果吴用对燕青说，你有血光之灾，燕青会怎么样？燕青显然是不会相信的。

　　这说明越是"虚胖"的人越容易接受心理暗示。"虚胖"的人有一个心理落差，他在心理上觉得自己非常强大，他觉得自己富甲一方，别人见了他都要让他三分。再比如林冲一伸手，别人就害怕，但是他却又先手软了。我有一个学生是从事笔迹研究的，他看到我写自己的名字，对我说："韦老师，你这个韦字写得很大，但你这个中字写得很小，韦代表的是社会大众对你的评价和认知，中是代表你对你自己的认知。社会上的人觉得你已经很不错、很专业、很有影响力了。但实际上你还是自卑，对自己的评价还是比较一般，所以你对自己的认知跟别人对你的认知是不匹配的。"

回到关于卢俊义的问题，他的问题根源是什么？外部认为他的实力很强，他自己也认为自己有钱有地位，但是这并不说明他真的有实力。为什么这么说？他唯一的亲人，他的妻子都背叛了他，他扶持的管家也背叛了他，区区一个算命先生就让他过得战战兢兢，这些难道是有实力的表现吗？这些都是他"虚胖"的表现，他的自我认知和外部对他的认知是不匹配的。

企业家最害怕的是基业不长青，富不过三代就是一种典型的"虚胖"。若是想要让事业富过三代，基业长青，就必须让后代的人格足以支撑家业，足以支撑他的社会地位，要让外部对自己的认知与自己的认知相匹配。学习不是学知识，有些人读书几十年，一直读到博士，却不明白做一个有独立人格的人的重要性。这是古往今来教育先贤、圣贤的重要思想。

我们说过，很多梁山好汉骨子里是不愿意上梁山的，因为当时理学占了整个社会的上风。这些人为什么不愿意落草呢？在理学的影响下，当时的人是很注重面子的，比如杨志就是一个典型的例子。宋朝的理学家，他们基本上颠覆了传统儒家的思想，他们在发扬的过程中篡改了很多儒家的思想，对人性进行压抑，造成了整个时代的人格变化。宋明理学表面看是忠于孔孟思想的，但是这种宋明理学又容易培养伪君子。当时的官员满口仁义道德，但他们自己私底下却是满肚子的男盗女娼。这是宋朝一个明显的时代特征，这也是作者写《水浒传》一书的重要原因。因为当时的人们确实在人格层面、人性层面都受到了很大的打压。所以《水浒传》也是当时作者对社会的抨击。后来陆九渊、王阳明等人开始提倡知行合一、格物致知、致良知，是对儒学发展之偏差的一个修正。

卢俊义除了"虚胖"，还犯了一个错误，就是过于相信李固。卢俊义太过天真，认为自己救了李固，李固就会对他感恩，会一直忠于他。这是一种认知上的错误，他人未必真的会因为自己的恩情而长久地忠于自己。

综上所述，卢俊义并非完全没有实力，他确实武艺超群，也是富甲一方的地主，而且他与人为善，收留无家可归之人，但他也的确是"虚胖"，他对自己的认知与外部对他的认知是不一致的。说卢俊义"虚胖"是由于他的外在实力与他的人格实力不相称。这个"虚"还表现在，关键时刻，他武艺超群却被投入大牢，被宋江一伙草寇困住跑不掉，哪怕他富甲天下也没法把自己救出来，而是被别人耍得团团转，这就是另一种"虚"。这让我们更加肯定性格决定命运，人格缺陷所导致的"虚胖"会极其深刻地影响一个人一生的发展路径。

第十一章
忠义燕青，绝非浪子

本章要分析的人物是浪子燕青。燕青是玉麒麟卢俊义的一个仆人，是被卢俊义收养的，燕青一直管卢俊义叫主人。燕青在梁山好汉中排名第三十六，这也是一个很有意思的安排，因为三十六刚好是一百零八人中的前三分之一，等于说燕青在上座而不是在下座。另外燕青的外号是以星宿来命名的，叫作天巧星，其中的巧字特别符合他的特征。这个巧字暗示的是他的技艺和他的灵巧，所以他的排名和名号已经说明了他在梁山的定位。

梁山好汉是讲究忠义的，但本书前几章也提到过，自古忠义两难全，有许多不忠不义之徒混在了梁山好汉当中，很少有真正忠义两全的，而燕青就算是一个忠义两全之人。为什么这样讲？首先，他在跟随主人的时候，就忠于主人。卢俊义身陷牢笼，他会拼了性命去救。他告诉卢俊义贾氏与李固有奸情，却被卢俊义误会，但即使如此燕青还是忠于卢俊义，这是他的忠。其次，燕青上了梁山之后依旧追随卢俊义，主人归顺了梁山，他也跟着归顺，主人叫宋江大哥，他也叫大哥。燕青和李逵认大哥都是发自内心的，但他俩也有不一样的地方：燕青认大哥，虽然有忠心，但是理性的忠心，而李逵的忠心则是不理智的，是死忠。大哥要去招安，李逵虽然忠心却总是坏事，而燕青每一次出山去京城，都是要促成招安之事，这是他特有的忠心。燕青不是对朝廷忠心，他促成招安是因为忠于大哥，这是大哥要办的事，是梁山兄弟们要办的事，所以无论如何要把事情办好。

　　燕青忠于大哥，忠于主人，他的义自然也就体现出来了，因此说他忠义两全。更令人钦佩的是燕青最后退隐了，在恰当的时刻退出是一种难能可贵的品质。梁山好汉中能够退隐的人没几个，这些人有一种很珍贵的品质——知止，即知道什么时候停。关于二十四节气心理养生理论有一种说法，就是立秋就知止，秋天来了就要收获，收完之后开始知道停止，不要再继续盲目地播种了，你时不我运也。时间不允许人这样贪得无厌，想要继续耕种只能等到来年，而秋天一到，播种的时机就过了，人要知止。大部分梁山好汉都不懂得知止，而知止正是燕青的智慧所在，特别值得读者深思。燕青身上有许多优秀的人格特质，比如他是小人物出身，不似林冲、杨志这样的名门之后，而是一个被人收养的孤儿。正是这样一个孤儿，比梁山好汉中许多人的下场要来得好。

　　本章的主人翁燕青为什么被称作浪子呢？因为他从小是个孤儿，被卢俊义收养，虽然他比较调皮，但同时他又很忠于卢俊义。卢俊义看着燕青身轻手巧，就教了他一套武功。那么燕青是怎么开始练武的呢？是卢俊义在练武的时候，他自己记下了卢俊义的招式，而且由于燕青经常跟人打架闹事，便获得了很多实战的经验，卢俊义觉得燕青这个人虽然是自己的家奴，但是还挺好学的，于是就把自己的很多技能传授给了他。燕青在这个过程中，通过自己的努力，感动了卢俊义，于是卢俊义不仅把他当作家奴，还给了他一个徒弟的身份，而这个身份正是他日后成为天巧星的机会，这是他自己挣来的。燕青出身贫寒，寄人篱下，最后的结局却比自己的主人要好，这说明他有优秀的人格特质，还有自己的追求，他有自己的理想。燕青不愿做李固那种假惺惺的人，于是他就不跟李固混，走他自己的路。

这一百零八个好汉的人格特质都可以在当今社会中找到对应的人物的，每个人读《水浒传》都有可能看到自己的影子。这一百零八名好汉的性格，虽然有的鲜明，有的不鲜明，但总有人能从中看到自己，这也是解读《水浒传》的出发点，是从性格决定命运，性格如何影响命运的视角，以人格心理学的视角去解读水浒的原因。这样就可以通过农民起义的历史故事，可以通过小说、经典，为当代人的发展和成长，为当代人掌控自己的命运做一些启迪。本书不是居高临下地点评里面的人物，也不是评价作者的写作技巧，更不是从历史、政治的角度去解读，而是从人格心理学的角度来解读，反评就是从人格缺陷来评，正评就是从积极品质来评。

比如本章分析的是燕青，如果要分配给他一个积极的品质，那就是仁义。仁义是民间通俗的说法，不是舍生取义的那种大仁大义，而是一种非常朴素的人性中的善良。燕青也让读者看到了浪子和仁义之间的关系，他虽然曾经是个浪子，但是实际上他是在一个大家庭的庇护下，得以释放天性并且跟着主人学习，实际上他所处的环境属于中上水平。他若是一个到处流浪的人，没有遇到卢俊义，那么他可能就会变成一个痞子，更不会有后来的故事了。

作为一个地主，卢俊义的家奴很多，但是燕青能够脱颖而出，这说明燕青的人格特质与众不同。有人认为燕青能有后来的成就全归功于卢俊义的教导，但是卢俊义愿意教他的前提是，他身上有能让卢俊义欣赏的地方。为什么卢俊义愿意教燕青？因为燕青本身就是个可塑之才。再加上燕青是一个相当忠诚的人，当时卢俊义被抓进大牢，没有一个人去帮他，只有燕青还去找他，这也体现了燕青性格中仁义的一面。

燕青对主人的忠诚体现在很多地方，卢俊义被两个官差逼进森林，即将要被杀掉的时候，是燕青放了冷箭救了卢俊义。燕青一路追踪他的主人来到了森林，刚好看到这一幕，便用弓弩杀死了这两个人。燕青仗义的行为当场令卢俊义痛哭流涕。卢俊义当时这样对燕青说：你看看，现在我们又杀了两个人，我们的罪孽又加重了，这可怎么办？燕青答道：当初宋江苦了主人，现在没有办法，我们就直接投奔他那里，以避免我们再被加害。在二人逃亡的路途中，官府的通缉令就下来了，加大了他们逃跑的难度，而雪上加霜的是，卢俊义当时脚受了伤，走不了路，于是燕青便一直背着卢俊义走了十几里。最后二人实在走不动了，便找了一家客栈休息。在客栈休息的时候，他们的通缉令就下来了，各地张贴布告。这个时候店小二怕惹事，于是就报了官。官府来抓人的时候，也是燕青杀出了一条血路，把卢俊义带到了山林里去。

在逃难的途中，二人没有盘缠，饿得饥肠辘辘，燕青就用弓弩在树林里打鸟给主人吃。

在打鸟的途中，燕青遇到了石秀等人，被他们擒住。就在要被杀掉的时候，燕青说：我死了没有关系，但我一死，就没人给我的主人报信了，怎么办？石秀等人就问，你给谁报信？燕青便告诉石秀，自己的主人是卢俊义，现在二人陷入麻烦，要去水泊梁山找宋江来救自己。你们杀我燕青没有关系，但是我不能让我的主人陷于这种被害的境地中，我不能这样丢下他不管。说起来也是造化弄人，没有想到这石秀两人恰恰就是水泊梁山的，燕青和卢俊义就这样逃出生天。

在燕青救主的过程中，他当机立断，从官兵手上救了主人。然后一路背着受伤的主人，在客栈杀出一条血路，再次救出了主人。二人躲进山林后，他还负责照顾卢俊义的饮食起居。最后在自己性命攸关的时候，燕青首先想到的也是自己死了没关系，要为主人留一条后路。纵观燕青的所有行为，读者可以看出燕青的忠义不是挂在嘴边的，而是通过行动表现出来的。燕青在所有家奴中能够脱颖而出，肯定是有他的过人之处。那么燕青的过人之处是什么？就是他在平时的点滴言行中体现出来的、对卢俊义发自内心的忠诚，这种忠诚在二人的相处中感染到了卢俊义。

反观李固，他也是被卢俊义收留的，也一直跟随着卢俊义，为什么李固就变成坏蛋了，而燕青就变成英雄了呢？从卢俊义的角度来看，他救了李固，对李固有恩，按理说李固应当忠于他，这是卢俊义的想法。这种想法就像是人们所讲的黄金法则，就是我希望他人如何对待我，我自己首先要如何对待别人。但并不能保证每个人都能以这样的思维思考问题，因此从卢俊义的视角出发，读者会认为李固是不忠不义的。而对于李固而言，他要在乱世中苟全性命，就必须首先保证自己的利益。他也许会认为，既然卢俊义这么有实力，他今天救了我，明天也可以救别人，不差我这一个人。产生这种结果，实际上是由于二人价值观的不匹配。

燕青和李固的差异体现在许多细节中。《水浒传》中有一段描写了李师师与燕青喝酒的故事。李师师是一位风尘女子，但燕青并没有因此而看不起她，更没有对她产生非分之想。燕青的表现和李固的表现差距很大，使得二人之间的对比越发明显。故事是这样的，李师师和燕青二人觥筹交错之间，李师师发现燕青身上有刺青，李师师觉得十分好奇，便试图说服燕青把刺青露出来给她看。二人在相处中，燕青担心男女之情会坏了自己要替宋江办的大事，但碍于李师师的身份，他又不好得罪她。于是燕青便询问李师师芳龄，李师师说二十七，燕青一听，当场就跪下作揖：燕青年方二十五，尊称姐姐，这一拜就把李师师的男女之心给挡住了，李师师觉得这个男孩子还是很有气概、很有气势的。燕青的处理方法就跟之前武松的处理方法完全不同，这也显示出了燕青的机智和高情商。

李师师之所以愿意帮助燕青和天子来讨论招安的事，燕青在其中起了很重要的作用。从这方面读者也可以发现梁山泊的这些好汉中，还是有许多有志之士的。燕青和李固的不同，在这样一个小故事中就体现得淋漓尽致。如果换了李固，肯定早就对李师师动手动脚了。所以这二人最大的区别是，和李固相比，燕青的性格中有忠诚和机智。首先他一直追随着主人，在主人落难的时候也不离不弃；其次他的性格中有一种灵巧。他跟李师师互有好感，却没有被男女之情所束缚，他顺水推舟，投其所好，顺着李师师的心意把李师师哄得开开心心，然后又能够在关键时候刹车，拜李师师做姐姐。所以李师师跟皇帝介绍的时候，说燕青是自己的姑舅兄弟，跟普通人又不一样了。这就可以看出，燕青在为人处世上的乖巧，非常八面玲珑。

这恰恰又反映了另一点，就是在梁山一百零八位好汉中，不论是出身名门之后的，曾经当过官的，抑或是出身低贱没有地位的，很多人都缺少自我管理的能力，而燕青则具备这种宝贵的能力。前面提到过燕青身上最可贵的品质是知止，这个知止就是一种自我管理能力。燕青在和李师师相处的过程中，发现李师师对他动了男女之情，并且他自己也对李师师有好感。按理说二人情投意合，本该如干柴烈火，但是他心中有大事，他和李逵两个人去办事，路上与任原打擂也很有分寸。燕青知道什么才是正事，因此燕青及时刹车，办好了自己的事情。

再来看他们打擂的过程，燕青一直压制着李逵，直到情况紧急才出手，这也说明他的自我管理能力特别强。燕青一直都冷静理智，主人被抓，他去梁山报信，他自己被抓后也凭借着机智与义气脱险。他去办招安的事情，遇到李师师，也能即时收住男女之情，在关键时刻还记得自己的任务。这更加让我们看到，燕青作为水泊梁山一百零八将里的形象宣传大使还是合格的。假如当时派的是矮脚虎王英，一看到李师师这样的姑娘，那大事都不用办了。每每遇到突发事件，燕青都能稳住阵脚办好自己的事情，这些都反映了燕青的理智，也反映了良好自我修养的重要性。在燕青的人格中闪耀着的一种独特的光辉，就是自我克制，就是知止。

从这个视角来讲，梁山好汉个个都想要有一个好的人生发展路径。在宋明理学的影响下，人人都想要功名利禄，都想要求取功名，去获得功名，但是没有把真功夫花在核心的地方。宋江就是典型的例子，如果他真的想报效国家朝廷，他就应该好好地磨砺自己的学问和人格，而不是把所有的功夫都用在权谋和社会交往上。这就好比一个想要在仕途上有所发展的公务员，却一天到晚只知搞人际关系而不务正业。有清晰的自我认知，有强大的自我管理能力，这是燕青的成功之处，而燕青的成功恰好也折射出了其他人失败的原因。

燕青这个人物体现了自我修养、自我管理能力的重要性。燕青确实是卢俊义一手培养的，但上文中我们讲过，他之所以会被卢俊义重用，必然是由于他的性格本身有闪光点。这些优秀品质不是卢俊义赋予的。在乱世中，一个人能保存自己身上的优良品质，靠的不是他人而是自己。若是燕青无法保持自己身上的这些品质，那么即使他被卢俊义收养，也未必会有好的结局。卢俊义是燕青的贵人，对他而言被收养是一种机遇，但他首先必须足够优秀，所谓机会往往是留给有准备的人的。燕青本身品质优秀，再加上遇到卢俊义这样的贵人，自然会有好的发展。卢俊义虽然

"虚胖"，但他骨子里善良，否则他也不会收养并信任燕青和李固，而燕青则足够机智和坚定，他和卢俊义一起，刚好弥补了卢俊义性格中的缺陷。而燕青应当很清楚自己主人的性格，他的忠义不是盲目跟随，也不是单纯为了报恩，他坚定地跟随着卢俊义，必然有他自己的理由，他能看到卢俊义身上好的品质。

我有一位朋友，跟卢俊义有点相似。他生活非常优渥，在许多人眼里已经是一位成功人士，但他还不满足，他要追寻更高的价值。我问他这"更高的价值"是什么，他的回答是：挣更多的钱。而他的身边总是围绕着一些因为名和利被吸引过来的人。其实这样的人，必然会吸引像李固这样的人，哪怕自己有恩于他，他也觉得是理所当然。一个所谓的成功人士，若是没有精神上的追求，只知为了世俗的成就而努力，是很容易招惹像李固这样的小人的。

这位朋友的故事也能给我们提供一个新的视角。在前面的章节中我们一直从人格心理学的视角分析一百零八位好汉，而我们写这本书的目的就是要把心理学普及给大众，让读者能够在读了这本书以后做到为我所用。如果读者能把本书的分析内容与自己的生活经验相结合，那么这本书也就更有意义了。从人格心理学的角度出发来解读《水浒传》人物的心理，以及解读他们的人生故事中所反映出的他们的心理人格和价值观，进而读者可以去发掘他们人生发展的因果关系，并将这些发现应用于自己的生活中，做到古为今用。

《水浒传》写的是发生在封建时代的故事，而我们现在处于开放的现代，无论是科技水平还是人的思想水平跟以前都不是一个层次了，可是人性中的一些恒常不变的规律、人类在自身与社会互动发展中的人格个性上的特质，是不会轻易随着时代的变迁而改变的。宋朝的外部环境恶劣，无论是自然条件还是社会大环境都不尽人意。虽然现在外部没有那么恶劣的环境，但是人只要生活在社会中，就一定会遇到困难和挫折，依然有可能走到要"上梁山"的境地。关键在于在这种时刻究竟要不要上梁山，要判断自己是不是真的已经无路可走了。上梁山很多时候不是社会逼的，而是自己的人格缺陷使然，是自己把自己逼上了梁山，逼上了自己心中的梁山。从燕青身上读者看到了一个人自我成长的历程，看到他是如何从行为中表现出自我修养和自我管理能力，也可以说是他的"慎独"。燕青的人格特质是符合儒家思想的，他在关键时刻守住了该坚守的东西。燕青和卢俊义的性格差异也被作者刻画得很生动，比如卢俊义一听说有点风吹草动就吓跑了；一听算命先生说自己有灾祸，马上逃跑躲灾星；被人抓了也马上求饶，非常胆小。而燕青呢？他被抓后没有求饶，只是说他死了不要紧，但不能不管他的主人。二人性格上的差距，在他们面临同样的境况时对比更加强烈。

对梁山好汉性格的分析，不只是单纯地点评他们，重要的是其现实借鉴意义。希望读者能应用到现实生活中，反思自己，找到自己人格中需要完善的部分，优化自己的人格，提升自己的积极心理品质，通过不断完善自己的人格，让命运掌握在自己的手里。任凭外界风云变幻，有一身正气，外面有邪气也不怕。构建了完善的人格，人才能更灵活地应对人生中的困境，做出正确的选择。

第十二章
鲁智深的浩然之气（上）

　　本章会讲解一个比较重要的人物，这个人物也是我在《水浒传》中比较欣赏的一个人，我对他的欣赏和我自身这些年的个人成长以及心理学的学习之路是有密切关系的。一个人的积极心理品质可以有很多，其中在我看来最重要的是真诚。孟子曾说过，他自己有两个优点，一个是能言，一个是善养浩然之气，我善养吾浩然之气。别人问他什么是浩然之气，何为浩然之气？孟子说难言也，说不清楚，但是要以直养之。我认为，以直养之的直就是真诚。也就是说孟子认为，他自己是有浩然之气的人。那么既然是以直养之，那就说明浩然之气是会吃东西的，吃的是什么呢？吃的是真诚。真诚就好比一种草料、一种养分，可以喂养孟子心中的浩然之气。浩然之气像马像龙又像麒麟，它的象征变幻无常，却常在人的心中。人活一口气，这口气就是浩然之气。

　　在梁山好汉中，就有一位好汉有这种浩然之气，这个人就是鲁智深，鲁提辖，花和尚。鲁智深的名号不少，他身上也有许多优良的人格特质，其中一个就是懂得随遇而安。从事心理学行业时间长了，我发现真正的心理健康体现在一个人能否随遇而安。

因为人一生中会有很多的不得已，人一出生，首先就没有办法选择自己的父母，等于说人一出生就进入了一个给定的环境了，是很被动的，因此随遇而安是很重要的。经历了童年后，人需要接受教育，这个时候人同样没有办法选择自己的同学和老师，也许还会遇到不公平的待遇，可能语文老师喜欢自己，但数学老师则没有那么喜欢自己。这个时候必然会觉得不愉快，但是唯有适应，很多事情的发生是没有理由的，能动地适应社会的能力就是心理健康十标准中的一个标准。毕业以后踏入社会，进入职场，恋爱、结婚、生子，可能还会搬家，也可能会遇到新的邻居，会遇到新的事情，也可能家中会遭遇变故。社会环境的变化，心理环境的变化，物理环境的变化，每天都有可能发生，人若是想要应对自如就要具备随遇而安的能力。安首先是心安，心安则身安，身安则体安，一切外部的环境都会好起来。每个人面对外部的变化都要心安，随遇而安就是指在变化中也能够找到自己的一份安宁。

从这个角度来看，梁山上的众多好汉若是能够随遇而安，具备随遇而安的能力的话，有相当多的人本可以不用上梁山。好比宋江要追求忠，那既然他现在犯了罪，听从老太公的劝解、教诲又有何不可呢？若是能做到随遇而安，宋江就可以成为一个真正的儒家知识分子了，自然也就不会有后来的纷纷扰扰。所以很多人实际上没有能力随遇而安，没有能力适应外部环境的变化。在变化的环境中，自己首先要有定力，不要乱，若是自己先乱了阵脚，就难以解决生活中的困境了。这就是随遇而安的重要性。

　　鲁智深另一个优秀的人格特质是真诚。从事心理学这么多年，我越发觉得真诚是一个人最重要的积极心理品质，因为真诚是直，有了真诚人就会不逃避，就不会欺骗别人，更不会欺骗自己。对别人真诚是比较容易的，但对自己真诚是很难的。对自己坦诚，承认自己的不足，不要去逼迫自己，心中自然也就没有那么多积怨。对自己真诚，知道自己想要的是什么，也要知道自己的不足是什么。人一旦真诚了，也就更容易做到随遇而安，那么无论外部环境如何变化，一个人都可以泰然处之，从容地应对自己生活中的困境。所以真诚和随遇而安这两种品质是相辅相成的，它们往往是成对出现的。

　　鲁智深不逃避，不欺骗，不掩饰，更谈不上左右逢源，两面三刀，也不会贪得无厌。鲁智深爱喝酒，但他从不过度，他喝了一壶就算了，凡事心里有数，不贪心，不贪得无厌。以直养知，他是真知。接下来就让我们来听一下鲁智深的故事。对鲁智深的分析在本书中相当重要，哪怕放在现代视角来解读，鲁智深也是一个具有优秀人格特质，非常值得去推崇的人。

　　鲁智深当时是渭洲的一个提辖，提辖是什么呢？是专门去捉拿盗贼的官，相当于现在公安局的治安大队里面的一个官员。他的任务就是每天在街上巡查，捉拿盗贼、小偷。那天他在街上逛，碰到了一个大汉，那个大汉走过来就跟鲁智深打了声招呼，说自己是九纹龙史进。在宋朝，他们这些草莽英雄到处走访，到处游学，也就是去学武。那么史进为什么来到渭洲呢？就是要找他的师父王进，因为王进当时跟蔡京有了矛盾，史进就来到了渭洲，碰到了鲁智深。鲁智深是个豪爽的人，他懂得待客之道。九纹龙来了，鲁智深便把他请进了一个酒馆，当时的好汉们不喝茶，进来就是酒馆。刚坐下来，史进就看到了他以前的小师父，为什么叫他小师父呢？这个人有名无实，他外号叫打虎将，名为李忠，李忠本事一般，吹牛很厉害，是一个跑江湖的。史进当时跟他学了武功以后，发觉他名不副实，便去找其他的师父了。鲁智深也跟李忠打了个招呼道：你在这里摆摊，我们一起去喝酒。李忠说：不行不行，我眼下这个摊还没收钱呢，等我收完钱再走。鲁智深性格直来直去，懒得跟李忠争辩，直接把他的生意搅散了。李忠傻眼了，看鲁智深个子这么高又不敢反抗，唯有跟着他去酒馆了，这么一来李忠心里就有点闷气。

　　一坐下来，鲁智深就叫酒来，来上四角一起喝。鲁智深这个人的性格是相当直爽的。他跟朋友们大碗喝着酒，聊着江湖上的事情。聊得正欢呢，突然就听到隔壁传来了声音，哭哭啼啼的。鲁智深一听就不爽了，自己跟朋友们在喝酒呢，你在那里哭哭啼啼干吗呢？他一拍桌子叫来店小二，问隔壁的人为何哭哭啼啼的。店小二便一五一十告诉鲁智深隔壁发生了什么事。鲁智深想显示他豪爽的一面，又想在他朋友面前表现一下，便让人把那正在哭的女人叫了过来，想听听看究竟是怎么回事。那女人过来后便跟鲁智深说起了自己的遭遇：她来到这里本是为了投亲，但找不到亲人，眼看就要没钱过活了，碰到一个绰号叫镇关西的郑屠夫把她买了去。可没想到镇关西的大老婆就不允许她存在，把她赶了出来。赶出来倒也没什么，但他还要把之前买自己的那三千贯银子收回去。她现在没有钱，只能靠父亲教给她的一点唱戏的手艺去挣点钱，可钱又不够，这几天生意不好，偏偏镇关西这两日又来向自己讨钱了。这女人想不到解决方法，心中又难受，便在隔壁哭了起来。鲁智深一听到这人竟叫镇关西，马上心头火起：我鲁智深在这里你都敢自称镇关西，好不嚣张。哪怕鲁智深本意不是要替人伸张正义，光是为了出这口气，他都要找镇关西算账。他就对女人说：我要为你出头。于是令人带上银子，护送这一家人出城去，再想要怎么收拾镇关西。当时他铁了心要收拾镇关西，主要还是因为镇关西这个名号，他是为了这个名字而跟他打架的，而不完全是要为这家人打抱不平。

　　第二天早上鲁智深就去了镇关西的店，他的店中有十几个操刀手，各个都很厉害，生意也很好。鲁智深过去后，镇关西便跟他打了个招呼：提辖今日大驾光临有什么事吗？鲁智深答说没什么事，今天我们有宴，我在这里你帮我切十斤精肉，不要带白的，这是我们老板交代的。这屠夫马上叫人动手，鲁智深说不行，今天要你亲自动手，他没办法，只能自己操刀，切了十斤精肉。鲁智深拿过说：好，再来十斤白肉，不能带精的，还要你自己动手。镇关西当时心里就有点不爽了，但他还是把这十斤白肉切了出来。鲁智深接过去，还是不肯放过镇关西：再来给我十斤软骨，要不带肉的。这时镇关西就觉得有问题了，要软骨不带肉怎么可能做到，这不是来玩我的吗？镇关西于是对鲁智深说：这不好吧，提辖，你这不是玩我吗？骨不带肉怎么做？你说精不带白，白不带精，我能做出来，骨不带肉那是不可能的吧？鲁智深本意也不是买肉，是要闹事，管你行不行，他一下子把肉臊子往镇关西脸上一扔说道：为什么不行？你是不想做还是怎么样？镇关西因为切了这二十斤的肉已经是满肚子的气了，被鲁智深这么一扔，气得马上拎刀，要跟鲁智深来个生死大战。这个行为正中鲁智深下怀，鲁智深马上动手，钵头一样大的拳头把镇关西打得脸上开花。镇关西虽然是个屠夫，但空有一身蛮力，碰到了鲁智深这种练过武的人，自然也就落了下风。最后镇关西被打得没有了声息，鲁智深心中一惊，当时他心中是有点怕的，但他要面子，便壮着胆踢了一脚说：你还装死，算了，今天老子放过你，然后就偷偷走了。

我们来分析一下鲁智深在整个过程中的心理变化。首先在小说里边，三个人上潘家酒楼喝酒，酒过三巡，菜过五味，只听得隔壁阁子里有人哽哽咽咽啼哭。鲁智深焦躁，便把碟儿盏儿都丢在楼板上。酒保听见了，哗啦啦就赶快跑上来，酒保见鲁提辖气愤愤的，酒保抄手道："官人，要甚东西，吩咐便卖来。"鲁智深道："洒家要什么！你也须认得洒家！"意思就是，你知道我的性格，你叫人在旁边隔壁吱吱地哭，搅了俺们兄弟喝酒。这里有两重意思，一是我是响当当的鲁提辖，在当地是有点名气的，二是我的性格如何，你应当是清楚的。也就是说鲁智深性格急躁，正喝着酒呢，一听别人在旁边哭就烦了，他对酒保说，你须了解我的性格，意思就是你应该知道我是最烦别人哭的。我又不是不给你钱，你弄得这样子，我喝得不痛快。酒保说："官人息怒。小人怎敢叫人啼哭。这个哭的是卖座儿唱的父女两人，不知官人在此吃酒，一时间自苦了啼哭。"鲁提辖说："可是作怪，你与我唤来。"酒保不多时，把她叫唤过来以后，那妇人擦了眼泪向前深深地道了三个万福。鲁智深问道："你两个是那里人家？为甚啼哭？"开始向当事人了解原因了，然后那妇人便把跟镇关西的纠葛一五一十告诉了鲁智深。关键是有这么一个过程，鲁提辖又问道："你姓什么？"

　　这个时候读者可以看到，鲁智深其实不是莽汉，莽和直是两回事。鲁智深听完这女人讲的故事后，他并没有马上拍案而起去揍镇关西，他首先是询问了女人的详细信息，姓甚名谁，在哪个店里歇息，那个镇关西在哪里住，等等。作者这一段并没有直接写他的情绪和性格，而是通过描写他的行为来体现他的人格特质。询问父女二人后，鲁智深才知道这所谓的镇关西只不过是个屠夫。鲁智深听后丝毫不掩饰自己的轻蔑之情，说镇关西不过是个腌臜泼才。

　　在鲁智深眼里，这个镇关西不过是个开肉铺的，而且还是投靠在他老大的门下，是他们衙门给他腾了一个地方，弄个门面让他卖肉，他现在竟敢自称郑大官人，这种行为根本就是在自讨苦吃。所以鲁智深教训镇关西不是为了在朋友面前显摆，不是为了要面子，而是他觉得气不过。他回头看看李忠、史进，道："你两个且在这里等，等洒家去打死了那厮便来！"史进、李忠，抱住劝道："哥哥息怒，明日却理会。"两个三回五次劝得他住。鲁智深又道："老儿，你来。洒家与你些盘缠，明日便回东京去，如何？"鲁智深不仅仅是要打镇关西替人出气，还会考虑受害人的状况，帮助他们回家。父女两个告道："若是能够回乡去时，便是重生父母，再长爷娘。只是店主人家如何肯放？郑大官人须着落他要钱。"鲁智深道："这个不妨事，俺自有道理。"便去身边摸出五两银子，放在桌上，看着史进道："洒家今日不曾多带得些出来，你有银子，借些与俺，洒家明日便送还你。"史进道："直什么，要哥哥还。"直接掏出来一锭十两银子放在桌上。鲁智深看着李忠道："你也借些出来与洒家。"李忠去身边摸出二两来银子，鲁智深看了见少，便道："也是个不爽利的人！"

从鲁智深对李忠说的话也可以看出他直言不讳的性格。按理说三人现在是在做善事，他不应该嫌李忠小气，但鲁智深性子直，看出了李忠的抠抠搜搜，便直言他不爽利。鲁智深只把十五两银子与金老，吩咐道："你父女两个将去做盘缠，一面收拾行李，俺明日清早来发付你两个起身，看那个店主人敢留你！"金老并女儿拜谢去了。

所以鲁智深并不是为了自己的面子或者由于自己要强而去教训镇关西，若是他只为了自己的面子，那么他大可不必帮父女二人凑回家的盘缠。作者通过描写鲁智深的行为，就能让读者对鲁智深的性格有大致了解了。鲁智深虽然性子直，但同时又能为受害者考虑周全，有自己的价值观。比如他要解决金家父女如何离开此地的问题，当时店小二拦着他们不让走，他就在那儿一直坐到金家父女走远，等了整整两个时辰。所以鲁智深的闪光点就在于他做事不是基于自己的利益，没有自私。很多人在大街上看到一个人挨打，几个人围打一个弱者，他们第一时间就会像鲁智深一样产生同情。但他们只要一思考，就会更看重个人安危：我要是插手，万一把我也揍一顿怎么办？这闲事还是少管吧，前几天有谁谁管闲事，结果自己出事了，这不行。"三思而后私"，人一思考，自私的念头就出现了。鲁智深之所以这么无私，是因为他思考的速度太快，太冲动，自私的念头还没出来，他就已经去行动了。这是一个很有趣的现象，做事莽撞的人，往往很直爽纯粹。鲁智深就是一个典型的例子，他做事不太动脑，这种不思考反而让他避开了"三思而后私"的结果，因为他自己的私念还没来得及出现，他就已经开始行动了，他总是在当下第一个行动，他的脚快过他的脑。

当然这也带来一个问题，就是他的行动不经周全的思考，往往会做得不细致，导致不好的后果。鲁智深揍了镇关西一顿后，发现镇关西不动了，这时他做了什么？他踢了镇关西一脚，说镇关西在装死，回头再找他理论，就走了。然而事实上镇关西已经被鲁智深打死了。所以这也是鲁智深直爽的性格所带来的一个小缺陷。

有人问为什么鲁智深这么暴力的人能够成为一个和尚呢？因为他有成为和尚的品质，想要当和尚，也须得师父看得上才能当。鲁智深首先有善心，有同情心，其次他也有智慧。这里所说的智慧不是指知识的储备、后天的智商，不是指一个人通过学习而获得的知识，这种智慧着重点是"智"，是智力、智商，这就是能力。但在佛学中，强调的是"慧"，所谓慧根就是指先天的、与生俱来的，是王阳明说的良知，良知良能加起来就是智慧。所以智慧一半是先天，一半是后天，先天的是慧，后天的是智。我们判断鲁智深如果用后天来判断，他真的是洒家，没什么智慧。但若是从"慧"的角度来看，那么鲁智深是有大智慧的。光是能做好一个和尚，就已经难能可贵。现在的大部分人，哪怕只是让他丢掉世俗中的一点东西，他都接受不了。

举个例子，假如现在有一个从来没信过佛的人，人们给他安排了一个修行的机会，让他在一座寺庙里帮佛祖收门票，伺候佛祖，帮忙打扫一下，擦一擦玻璃上的灰，擦一擦佛祖身上的尘。他能在寺庙里替佛祖干活，说明他和普通人比起来，已经和佛祖有缘。如果他待的时间长了，开始懂得佛教的知识，能够听得懂佛经，能向别人传授关于佛教的知识，他就能开始渡人了，这时候他又比最开始上升了一个等级。但若是这个人还不满足于现状，想继续往更高的等级前进，他可以成为一名居士。我们不要求他完全脱离红尘，他可以家中有妻子、孩子，和家人团聚，但是在寺庙的时候他也念《金刚经》，也做早晚课，平常还参与禅修班，这时候这个人就又比之前高了一个层次。若是一个人还想继续上升，那便是要出家了。出家就不一样了，需要斩断和世俗的联系，而现在的人被社会中的种种关系牵绊，被家人牵绊，别说出家了，出趟门都难，所以我们不能强求他们完全符合我们对佛教徒的认知。绝大部分人连在寺庙修行都做不到，所以鲁智深在《水浒传》中的身份是个和尚，武松为了逃命也给自己安了一个头陀的身份，但是和普通人比起来，他们跟佛教已经算是有缘了。当然作者给他们安排佛教的身份也有自己的原因，毕竟小说的时代背景是宋朝，唐宋时期佛教是很兴盛的，民间的佛教基础很强。

而且当时还有一种说法，就是一个人出家以后，便可以把原来在世俗中所犯的罪孽一笔勾销。脱了红尘之后，人犯过的所有罪都能成为过去式。这是当时的一个社会制度，一个法律制度。但这种制度也反映了宋朝时期佛教的地位，一个人犯了死罪，但当了和尚就可以把罪一笔勾销了。作者给鲁智深安排了出家的情节，也有其他原因。梁山好汉中有不少人都犯了死罪，但作者没给他们安排同样的情节，因为鲁智深心中有善，是一个热血男儿，他的善心把他因为鲁莽而带来的后果抵消了，所以作者的安排都是有因果的。

心理学也是研究因果的学问，一个人若是拥有积极的品质，能看到他人品质中的优点，懂得如何欣赏别人，给别人以夸奖，给别人以鼓励，使别人斗志昂扬，好好学习，那么这个人就是别人生命中的贵人，是激励别人成长的重要人物。我们开展工作坊，长期在做的工作便是这样。在因果关系中做工作，在别人的生命中种下好的因素，让他成为一个更好的人，促使他人产生积极的情绪，做出积极的选择，从而积累积极的品质。心理学的因果讲究的是现世，而佛家说的因果是三世因果。心理学就是研究心理活动和心理行为之间关系的学科，而心理活动是由外部和内部的刺激所决定的，这个刺激就是因，最后人做出来的行为就是果，中间经历的就是一个人心理的体验和行为。所以这是一个因果，小说的作者是在有意识地给人物进行安排。武松把他嫂子和西门庆给杀了，但他没有成为一个真正的和尚，说明他杀嫂子这件事不是一种善举。鲁智深也杀人，但是他的出发点和武松完全不同，他是见义勇为，打抱不平。而且他当时并没杀心，仅仅是想要教训一下镇关西，所以当他发现镇关西没了气息时，他自己也感到心虚，没有继续殴打他，而是踢了他一脚便离开，说明他并没有想把他打死。鲁智深很鲁莽，但从他的出发点来看，他的鲁莽是天真而纯粹的。

当然他的情况若是放在现代就属于过失杀人了。所以作者给鲁智深安排出家的情节，对他而言已经是最好的结局。

那既然让鲁智深做和尚已经是最好的结局，为什么作者还要让鲁智深上了梁山呢？毕竟上了梁山就等于做了贼寇，其中大部分人都没有好结局，但作者偏偏给鲁智深安排了一个圆满的结局，并且他的结局还是所有好汉中最好的。这种安排实际上不仅仅反映了作者的价值观，我们前面已经讲过，一本优秀的经典，书中的内容不可能完全只有作者一个人的心理投射。一部优秀的作品是能带来集体的认同感的，是集体的价值观，是当时整个社会文化的反映，作者写《水浒传》这个小说之前，已经有了关于这些好汉的民间传说，作者是集大成者，把民间传说集合在一起，集中体现了当时百姓的集体心理状态。那么这就说明并不是作者自己想要给鲁智深安排一个好的结局，并不是因为作者自己偏爱鲁智深，这是人民的希望，是当时传颂这些故事的人民的需要。这就是佛学思想影响下的普世价值观。

　　那么为什么要用鲁智深这个人来体现当时社会的普世价值观呢？因为在民间的传说中也好，在小说中也好，鲁智深是所有好汉中最真诚的人。那么我们可以推测，真诚的人是很难有不好的结果的。一个足够真诚的人，爱了就爱了，恨了就恨了，吵了就吵了，跑了就跑了，打了就打了，骂了就骂了，做了什么便是什么，不推脱责任也不顾左右而言他。有些人不服气，觉得自己明明也很真诚了，却没有得到好的回报。想要得到好的回报，本身就是立足于自身的利益，从小我的角度出发，企图通过表演真诚来获得回报，这难道还不是"三思而后私"吗？

　　鲁智深做事不经大脑，他遇到不公平的社会事件就直接去打抱不平了，不考虑后果，也没想过给自己留后路。打死镇关西后他当了和尚，后来又被迫上了梁山，但从头到尾他都没有表现出明显的被动性，他从来都是主动做出选择，自愿承担后果。鲁智深没有随波逐流，也没有接受命运的安排，他非常积极，遇到什么该做的事就先做了，若是有不好的后果便随遇而安。假如鲁智深要去坐牢，想必他也能坦然接受这个结果，因为他清楚自己做的事情是正义的。去梁山就去梁山，不管什么招安不招安，不管梁山上的都是些什么人，反正我去到那里就行，谁对我好我就对谁好，谁对我不好我就以眼还眼、以牙还牙。

　　从鲁智深的经历中我们可以得到的启示有，做事情不要考虑太多，所谓"三思而后私"，想太多的人反而做不好，这是很重要的。同时在儒家思想中还有另一个观点，关于防人之心。梁山好汉里几乎所有的人都防人，只有一个人不防人，那就是鲁智深。

他做事不提前准备，也不考虑后果，不会去揣测他人的想法，所以他才能随遇而安，随机应变。总是在想如何提防别人的人，是不可能随遇而安的。一个人若是老想着外部有危险，总是担心还未发生的事情，那么这个人就会陷入无尽的自我困扰，惶惶不可终日，更别提随遇而安了。

第十三章
鲁智深的浩然之气（下）

　　接着上一章的末尾，我们会继续展开讲防人之心。时常想着要提防别人的人是不可能获得快乐和健康的，为什么？因为提防别人意味着要如履薄冰，小心翼翼。防人不止防一个，总是提防别人的人，会习惯性地认为身边所有人都是对自己不利的，如此一来便要防所有的人。而且防人还不是防一天两天，是要随时随地防，全天候都要瞪着眼睛，这意味着什么？一个本身可以很放松的人，现在要把自己的身体、心理技能启动到五级戒备状态。这样长期处于紧张状态下，无论是对身体还是心理都是没有好处的。长期启动预警机制，人的整个状态是不可能健康的。按照身心医学的理论，长期处于紧张状态下的人，肺、胃、肝、胆都容易有问题。

　　鲁智深给我们的启示不仅仅关于做人，也涉及人的身心健康。现代人讲究养生，既要身体健康又要心理健康，要做到这一点的大前提就是不要防，懂得随遇而安，做个真诚的人，这样的人会活得更加坦荡和轻松。现代人的焦虑是很严重的，很多人被焦虑折磨得睡不着觉，而焦虑的根本就是对未发生的事情的忧虑。梁山好汉中有多少人，夜夜都辗转反侧，难以入眠，这都是因为他们对未发生的事情思虑过度。而鲁智深则不同，无论发生什么事，他都不会让自己的节律被打破。像鲁智深这样坦荡的人，不成佛才怪。既然作者要给他安排一条成佛之路，那就必然也要给他分配符合佛教气质的优秀品质。于是在作者的加工下，就出现了一个随遇而安、一身正气的鲁智深的形象。《水浒传》中的一百零八位好汉，有一部分曾经是社会上的中上层，曾经为封建统治阶级服务过，像吴用、宋江这些人。按照当时的主流思想，这些人走的是理学的路线，但他们在理学的话语体系下又没有执行这套价值观，最后不伦不类。实际上梁山的话语权还是由这些知识分子主导的，主意都是吴用出的，坏水都是他冒的，而命令都是宋江下达的，主要都是这两个读书人在做主导。这反映了当时读书人的社会价值观和当时的主流思想。结果呢？一个没有怎么读过书的鲁智深就教育了他们一顿，颠覆了当时主流的社会价值观。在上一章中我们说过鲁智深的智慧不是来源于后天的知识，而是先天的慧根，这慧根是后天的努力无法弥补的。所以纵观整部《水浒传》，读者可以感受到书中文化背景的融会贯通，每个人物都有着自己的文化背景，这些人物在故事中的交互实际上也是宋朝文化思潮融合的过程。不要"三思而后私"，有些事情不要想太多，随顺当下的状态，就会有好的结果。

一个人越是小心提防身边的人，越容易惹出麻烦，最后导致无法挽回的后果，被逼上梁山往往也是因自己的行为所致，与自己的心态脱不了干系。随遇而安就是鲁智深给我们的启发。接下来我们会继续分析鲁智深的故事。

鲁智深的人格魅力不仅体现在他的行为中，也体现在他与其他人的对比中。比如在拳打镇关西的故事中，鲁智深的热心肠就与李忠的不情不愿形成了鲜明对比，其中也体现了鲁智深的直爽。另外就是鲁智深大闹野猪林的故事，也体现了鲁智深对身边人的仗义。

这个故事的背景是薛霸绑了林冲，鲁智深赶来救林冲：

说时迟，那时快，薛霸的棍恰举起来，只见松树背后雷鸣也似一声，那条铁禅杖飞将来，把这水火棍一隔，丢去九霄云外，跳出一个胖大和尚来，喝道："洒家在林子里听你多时！"两个公人看那和尚时，穿一领皂布直裰，挎一口戒刀，提着禅杖，抡起来打两个公人。林冲方才闪开眼看时，认得是鲁智深。林冲连忙叫道："师兄，不可下手，我有话说。"鲁智深听得，收住禅杖。两个公人呆了半晌，动弹不得。林冲道："非干他两个事，尽是高太尉使陆虞候吩咐他两个公人，要害我性命。他两个怎不依他？你若打杀他两个也是冤屈！"

鲁智深扯出戒刀，把索子都割断了，便扶起林冲叫："兄弟，俺自从和你买那相别之后，洒家忧得你苦。自从你受官司，俺又无处去救你。打听得你断配沧州，洒家在开封府前又寻不见，却听得人说监在使臣房内！又见酒保来请两个公人，说道：'店里一位官人寻说话。'以此，洒家疑心，放你不下。恐这厮们路上害你，俺特地跟将来。见这两个撮鸟带你入店里去，洒家也在那店里歇。夜间听得那厮两个，做神做鬼，把滚汤赚了你脚，那时俺便要杀这两个撮鸟，却被客店里人多，恐防救了。洒家见这厮们不怀好心，越放你不下。你五更里出门时，洒家先投奔这林子里来，等杀这厮两个撮鸟。他倒来这里害你，正好杀这斯两个！"林冲劝道："既然师兄救了我，你休害他两个性命。"鲁智深喝道："你这两个撮鸟，洒家不看兄弟面时，把你这两个都剁成肉酱！且看兄弟面皮，饶你两个性命！"就那里插了戒刀，喝道："你两个撮鸟，快换兄弟，都跟洒家来！"提了禅杖先走。两个公人那里敢回话，只叫"林教头救俺两个"！依前背上包裹，提了水火棍，扶着林冲，又替他扛包裹，一同跟出林子来。行得三四里路程，见一座小小酒店在村口。……

　　酒保一面整治，把酒来筛。两个公人道："不敢拜问师父在那个寺里住持？"鲁智深笑道："你两个撮鸟，问俺住处做甚么？莫不去教高俅做甚么奈何洒家？别人怕他，俺不怕他！洒家若撞着那厮，教他吃三百禅杖！两个公人那里敢再开口，吃了些酒肉，收拾了行李，还了酒钱，出离了村店。林冲问道："师兄今投那里去？"鲁智深道："'杀人须见血，救人须救彻。'洒家放你不下，直送兄弟到沧州。"两个公人听了，暗暗地道："苦也，却是坏了我们的勾当！转去时，怎回话？"且只得随顺他一处行路。……

　　自此，途中被鲁智深要行便行，要歇便歇，那里敢拗他，好便骂，不好便打。两个公人不敢高声，只怕和尚发作。行了两程，讨了一辆车子，林冲上车将息，三个跟着车子行着。两个公人怀着鬼胎，各自要保性命，只得小心随顺着行。鲁智深一路买酒买肉，将息林冲。那两个公人也吃。遇着客店，早歇晚行，都是那两个公人打火做饭。谁敢不依他？两人暗商量："我们被这和尚监押定了，明日回去，高太尉必然奈何俺！"薛霸道："我听得大相国寺菜园廨宇里新来了个僧人，唤作鲁智深，想来必是他。回去实说，俺要在野猪林结果他，被这和尚救了，一路护送到沧州，因此下手不得。舍得还了他十两金子，着陆谦自去寻这和尚便了。我和你只要躲得身上干净。"董超道："也说的是。"两个暗暗商量了不题。

话休絮繁。被鲁智深监押不离，行了十七八日，近沧州只七十来里路程，一路去都有人家，再无僻静处了。鲁智深打听得实了，就松林里少歇。鲁智深对林冲道："兄弟，此去沧州不远了。前路都有人家，别无僻静去处，洒家已打听实了。俺如今和你分手。异日再得相见。"林冲道："师兄回去，泰山处可说知，防护之恩，不死当以厚报！"鲁智深又取出一二十两银子与林冲，把二三两与两个公人，道："你两个撮鸟，本是路上砍了你两个头，兄弟面上，饶你两个鸟命，如今没多路了，休生歹心！"两个道：再怎敢？皆是太尉差遣。"接了银子，却待分手。鲁智深看着两个公人道："你两个撮鸟的头，硬似这松树么？"两人答道："小人头是父母皮肉包着些骨头。"鲁智深轮起禅杖，把松树只一下，打得树有二寸深痕，齐齐折了，喝一声道："你两个撮鸟，但有歹心，教你头也与这树一般！"摆着手，拖了禅杖，叫声："兄弟，保重！"自回去了。

　　在这段节选中，出现率最高的一个词是什么？是"撮鸟"。这是一个比较拗口的词语，是一个方言词语。《水浒传》中经常出现山东的方言，这也反映了当时的市井文化，一种流行的江湖文化。以通俗的语言进行文学创作，迎合市井文化需求，这也是《水浒传》的一个成就。鲁智深把这两个人叫作鸟人，也作撮鸟，他瞧不起这些人，这些人在他眼里就是撮鸟。鲁智深心里想什么就说什么，心直口快，从不避讳。而这个心直口快的特质又和林冲形成了鲜明的对比。通过和林冲的对比，鲁智深这个形象马上就立体化了，林冲的懦弱和鲁智深的直爽摆在一起来看，更加凸显了二人的差距。

　　从古至今我们的社会文化和制度都是在对人进行约束，按照社会的规则把人打磨光滑，进行不断的完善。社会化的过程就要求人们把礼俗制度搞清楚，就好比开车上路，就要把路上的标识记清楚，不然前面提醒你慢点，拐弯了，你还不知道。人生路上也是，社会要求人不断地完善自己。可是鲁智深就不遵守游戏规则，他不断地颠覆常规的社会观念。这两个人是差人，但在鲁智深眼里没有差人，他不按照社会等级去看人，而是根据人的行为和品质去分类。不做好事的人，管他是什么社会地位，在鲁智深眼里就是鸟人。读者可以发现梁山好汉中有相当多的人就是因为太遵守当时那套社会规则，用社会地位去衡量他人的价值，总把人分为三六九等，才导致了一系列的问题。前几章分析武松，读者已经见到他吃软不吃硬的性格弱点，一看到欺负自己的，上去就一顿打，一看到说自己好话的就飘飘然，一听到别人夸自己男子汉大丈夫、真豪杰、敢与人同生死，一听到张都监要收自己做个小官就卑躬曲膝。所以鲁智深这个形象就像一面镜子，反射出许多梁山好汉的性格缺陷。

有人认为鲁智深的直爽是因为他对这个社会的认识太肤浅，太幼稚，实际上并不是这样。那些所谓在社会上摸爬滚打的人，深谙社会规则的人，实际上是受困于名利思想的牢笼的。他们在社会上混的时候太贪图名利，用名利来衡量一切，一听到要招安，可以回到朝廷，马上就走了一大帮人，只有当初的几个元老跑到晁盖的坟上哭。这说明大多数人都基本被当时的社会风气同化了，而鲁智深则在这种名利的游戏规则中保持了自己的初心。帮助金氏父女时，李忠把钱拿出来，拿得慢了，拿得少了，还被鲁智深嫌弃。这并不是为了体现鲁智深不懂做人，而是因为名利在他眼中一文不值，钱在他眼中不是什么珍贵的东西。所以为何鲁智深能成佛，因为他可以毫不犹豫地抛下世俗的名利，在他眼里，名和利都是虚的。

很多人现在都想当官，许多人挤破了头都要给自己弄个一官半职，然后就被拴在这个官职上了，就像小毛驴拉磨，在原地一圈圈地打转，等到退休才明白过来，人生不过如此，自己被困了一辈子也一无所长，但这时已经晚了。鲁智深出事以前也是个提辖，但他没有碍于自己是个官员，就对社会上发生的不公事件视而不见，没有被自己的社会地位所束缚。名缰利锁一斩断，他能踏上成佛之路也是理所当然。其他人上梁山都颇有抱怨，都想回到原来安逸的生活中，所以当宋江提出招安时有那么多人响应。但鲁智深从来不抱怨，他从来不留恋自己原来的生活，也从来没后悔当初因为教训了镇关西而丢了提辖这个官职，这是他的随遇而安，他主动选择并且承担责任，绝不后悔，这也反映了他对名利的态度。鲁智深的态度背后是一种强大的心理能力，他真诚，又随遇而安，而且不贪图名利，但他却从来不缺钱用，这一点也是相当有趣的。

在《水浒传》中，看重钱的人往往没有钱，而把钱视为身外之物的人总是不愁没钱花，为什么作者要这样安排呢？梁山好汉中，看重钱财的人，总是会遇到飞来横祸，不得不破财。读者可以发现，有钱惯了的人一旦没钱，会过得相当难受。但那些人的钱又是从哪里来的呢？还不是搜刮民财来的。这说明他们中有一些人，只有通过做官和搜刮民脂民膏才能有钱。而鲁智深呢？他看起来对钱毫不在乎，却从不缺钱花。他的钱是哪来的？都是别人送的，他没缺过钱。这也是作者对情节的一个巧妙安排，越是在意名利的人就越是要破财，所谓怕什么来什么，而越是不在乎名利的人就越不缺钱，越受人尊敬。

鲁智深虽然鲁莽，但也有细腻的地方，他对自己的兄弟非常关照。鲁智深去救林冲的时候说："兄弟忧得你苦。"这句话意思是，他天天想着林冲在受苦，一天到晚都挂念着林冲。鲁智深是一个平日里粗枝大叶的人，遇到什么事情都能睡得雷打不动，可在林冲被抓后，他竟总是想着林冲，担心他受苦。鲁智深又讲到林冲在店里的时被两个差人烫伤脚，他看到这一幕时心中充满愤怒，说当时就已经想杀了这二人。但鲁智深忍住了，他担心店中人多嘈杂，贸然出手恐怕出了差错，便抑制着愤怒到了适当的时机才出手。从鲁智深担心兄弟和不轻易出手来看，他的性格是粗中有细的，他的粗体现在该出手时就出手，不是粗鲁，而是真诚直接，但在他直接的性格中又有着细腻的部分，为自己身边的人着想，也能顾全大局不轻易冲动，所以他的性格不完全是鲁莽。

原本鲁智深是计划好了如何救林冲的，但计划未必赶得上变化，他也不是神人，他没想到这二人会抢先一步，在他出手之前先对林冲下手。但在店中鲁智深还是忍住了，没有让自己的愤怒冲昏头脑，最后成功救出了林冲。在这几个故事中，鲁智深表现得无所畏惧、没有贪念、体恤他人、粗中有细，是一个非常善良的人。而他的无所畏惧，恰恰是跟他的没有贪念有关系的，他对世俗的名利没有贪恋，自然就没有那么多牵绊，正所谓无欲则刚。反观被鲁智深救下的林冲，妻子被调戏后，林冲一把抓着高衙内，高衙内一回头，他首先自己软了，为何软了？因为他有欲，不想得罪权贵。鲁智深不为权贵所烦恼，所以天不怕地不怕。

在《水浒传》前八回中，作者花了相当大的篇幅去描写鲁智深，这其中，前八回有六回都涉及关于鲁智深的描写，这六回中有六个具有代表性的事件在他的身上发生。《水浒传》花了较长的篇幅来描写林冲、武松和鲁智深三个人，这不是巧合，而是有原因的。首先，由于当时在民间已经流传着很多关于这三人的故事，而这些故事本身就是《水浒传》的基础，作者需要完整地呈现故事的样貌。其次，民间故事首先反映的是当时百姓的诉求，当时的社会文化风貌，一个优秀的作者会首先考虑民众的诉求，再考虑自己的诉求。当作者按照民间故事的原貌，帮当时的百姓表达了诉求后，会考虑自己的写作目的，从而使这几个人物形象和故事更加丰满立体。本书在一开始就提到，一本书成为经典需要有三个基础：一是故事真实的背景，包括社会背景、文化背景等；二是作者的内心投射，这不是指作者个人的投射，而是作者能够立足于整个时代，了解这个时代的总体背景，以及这个背景下的文化特征、心理特征，还有人们的诉求；三是要有把以上两项加工为有艺术性、有可读性文本的能力。

所以，从这三个基础出发，我们便可以了解作者为何花如此大的篇幅去描写鲁智深了。这和当时宋朝的社会风气、文化背景，以及百姓的心理诉求是息息相关的。百姓们渴望鲁智深这样有人性的人，渴望武松那样的英雄豪气，他们渴望真正的英雄，而不想要林冲那样懦弱、委曲求全、向权贵低头的人，人们对这些人物的偏好，体现出了他们的喜恶，同时也表达了他们的期待。而通过这种表达，也启发后人思考要如何完善自己的人格，成为一个真正成功的人。真正的经典应当具有普适性，人应该行得堂堂正正的。儒家、佛家和道家如何去定义一个人？这些思想在今天是否还适用？能够古为今用的才是有意思的，而且这个也是人们读书的目的，才是读书中之意，才能与作者同呼吸共命运，才能沉浸式地体验当时的集体社会文化。

很多人认为作者花大篇幅去写林冲，很可能是因为希望把林冲当作被逼上梁山的人物中的一个代表。通过对林冲的描写，读者们可以感受到当时社会对人的压迫，这么一个威名赫赫的人物都无法在社会上生存，而且受到社会这么多现实和权贵的束缚，这是作者对当时社会的一种猛烈抨击。这种解读是可取的，但是本书的出发点是从人格心理学的角度来分析《水浒传》，而不是去评论历史和文学，那么我们就要尽可能屏蔽小说大背景对我们的影响，详尽地分析其中的人物，梳理他们的故事，通过他们的人生发展路径来解析他们的人格，看清这些人物的心理和人格以及自己对自己命运的把握和安排，从而总结出我们在面对困境时的解决之道，做到古为今用。

　　在故事的最后，花和尚鲁智深成佛了，他是梁山好汉中唯一一个成佛的。他不但成佛了，而且还有很多兄弟为他的圆寂送行，可以说鲁智深是整个故事中结局最好的人。他有好结局，是因果关系中的果，读者也可以发现所有结局较好的好汉，性格中都有着宝贵的特质。尽管故事的背景比较压抑，但读者看完之后也不会觉得这个世界没有公道，公道自在人心，种下什么因就会收获什么果。宇宙自有其运转规则，好好地做一个真诚的人吧。随遇而安，不要总想着别人会害自己，不要总想着别人会逼自己上梁山，也不要总是抱怨社会，要时常自我审视，发掘自己性格中的缺陷，不断地完善自己，充满正能量，做一个像鲁智深一样的真真实实的人。

第十四章
表面智多星，实则真"无用"

　　我们先来谈一谈梁山上的英雄是不是都是真英雄。这个问题在第一章就已经谈过，也给出了解答。宋朝时期，老百姓内心渴望英雄，以展现自己心中被压下来的正气。因为当时整个封建社会正不压邪，阳气被阴气给遮盖住了，而外部的社会环境越糟糕，老百姓就越渴望社会上有人能替他们出头，发泄他们心中的愤懑。但这种事情不常发生，于是百姓就通过创造英雄的形象和故事来抒发自己的不满之情。比如武松打虎的故事，老虎危害乡里，总有人被老虎吃，所以武松打虎就是为民除害。为民除害的人都会被百姓尊为英雄，都是好汉。这些英雄好汉形象的出现是与时代紧密相关的，邪气越旺盛，正气越弱，人民就越渴望有人能替他们出气，那么好汉的形象就越容易出现，越容易被人民传播和歌颂。也就是说外部的大环境影响了当时百姓的心理文化环境，从而促使这些好汉形象出现。

　　另一个原因是，老百姓的价值取向往往是单一的，这种单一的价值取向遵循一种简单的逻辑：我被人欺负了，有人替我出头，这个出头的人就是我的恩人，我的恩人自然在我心中，那么这个人就是一个英雄。这个思维和武松的思维有点类似，施恩没让武松挨打，武松便认为他是自己的恩人。张都监在还没有害武松的时候，请他去做身边的警卫，那么对于武松来说张都监也是他的恩人，反过来讲，武松替施恩打了蒋门神，那他也是施恩的英雄，这就是老百姓朴素的价值观。在这种朴素的价值观背景下，就有了好人和坏人的非黑即白的区分。在老百姓的朴素的价值观和当时的社会文化背景下，梁山好汉们固然都是大英雄，但如果从现代的角度、人性的角度，或者心理学的角度看，梁山上就未必都是好汉了。若是一个人因为自己被抢劫了，就也去抢劫别人，这是毫无公道可言的。抢劫就是一种犯罪，无论在古代还是现代都是。所以评论《水浒传》中的人物要站在更广阔的角度，要跳出宋朝时期小市民功利的逻辑，要力求客观，要做到以是非之心来分析这些人物。除了对人物进行时空上的分析，还要进行纵向的、深入的心理方面的分析，站在人格和人性的高度进行分析，看这当中的人物是否有积极的心理品质。

梁山好汉里有相当多的人是以这样的标准来进行判断的。你杀别人可以，你不杀我就是兄弟，这个显然是无是非之心的。当时宋江被抓到二龙山，要被王英挖心吃，后来王英的大哥一听是宋江，阻止了他，结果宋江马上就把他当兄弟，宋江在这件事情上也是没有是非之心的。

吃心这个情节和孙二娘开黑店有异曲同工之妙，一个是吃人肉包子，一个是吃心，这两个情节说明什么呢？说明这是一个人吃人的社会，这是作者要反映的。从作者在书中运用的隐喻，读者能看出当时的社会已经黑天蔽日，没有任何公道可言。一看这是一个没有公道可言的社会，宋江好像也就听之任之了，可是在宋江的自我标榜中，在他的理想以及对外宣传的形象中，他想要树立的并不是这样的形象。宋江原本想成为一个忠义孝三全其美的人，既然把忠放在首位，宋江作为一个读书人应当有报国安邦的觉悟，可是一遇到外面乌烟瘴气的环境，他就与大环境同流合污了。只要不吃他的心，就可以当他的好兄弟，宋江让把王英抢来的要做压寨夫人的女子给放回去，并且向王英许诺，以后会帮他找一个好媳妇，于是他攻打祝家庄的时候，把扈三娘给认作干妹，由宋太公做媒，许配给了王英。从他这一系列行为可以看出，梁山好汉的是非观如何。

无是非之心就没有核心的价值观，没有核心的价值观就没有独立的人格，没有独立的人格就没有积极的心理品质。因此从人格心理学的角度出发，宋江就不是好人，至少在我们这个角度来看不是好人，是心理上"坏掉"的人。这么一说好像梁山上就没几个好人了。但应当以辩证的方式看待问题，因为梁山好汉毕竟大多属于社会底层，有以打鱼为生的，有以摆船为生的，还有猎户，有开店的，他们往往是被动地接受社会的影响，他们不能把握自己的命运。按照儒家思想，有君子和小人的区分，君子是指读了书，有见地、有知识，有思想高度的，受过开化、受过启蒙的人，而小人是指没有开化的人，就是普通的老百姓。既然《水浒传》写的都是普通百姓的故事，那么梁山上的很多好汉在当时的时代背景下做出这些事，其实是情有可原的。但既然都说"少不看水浒，老不看三国"，那肯定也是有原因的。少不看水浒，表面上看是因为它容易误导年轻人，引发年轻人的盲目模仿，更重要的是因为里面的人物所持的摇摆不定的价值观，以及他们模糊的是非观。

当然，作者厉害的地方也在于这点，他对人物的塑造不是非黑即白的，他塑造的人物都是有争议的、立体而鲜活的。从艺术的角度出发，人物的争议性是有必要的，但我们从人格心理学的角度来看，就有必要澄清宋江这个角色人格上的不统一。宋江想要忠孝义三全，他不愿意做出抉择，这说明宋江这个人物的争议性不是道德的问题，而是他人格的问题。当我们从人格的角度出发，就不仅仅是分析一个人道德上的好和坏，我们要分析的是这个人在性格上有哪些缺陷。比如说白胜、周通、董平、孙二娘、王英、穆春、张横、雷横等人。刚才列举的这些人，实际上他们都做过坏事。比如王英是挖人的心，吃人心下酒；孙二娘是开人肉包子店。我们不是要从道德上去评价这些人的行为，而是要分析这些人的成长历程，从而看到他们人格中的缺陷，透过现象看本质。

这些人物源于当时老百姓集体无意识对正义的呼唤，而老百姓由于自身思想的局限性，不论青红皂白把这些人都一股脑捧成了英雄。当然我们也不是要批判当时的老百姓，更不是要试图撤销这些好汉们英雄的称号，我们只是试图以现代的视角去分析他们的人格。用这种方法，《水浒传》中的绝大部分人物都是可以分析的，比如可以分析吴用。吴用的名号叫智多星，说好听点是机灵，说难听点就是奸诈，那么他都出过些什么鬼主意呢？比如吴用曾经用计骗玉麒麟卢俊义上梁山，这其实就是设了一个圈套，把好好的一个城中的富豪变成了跟他一样的山上草寇。卢俊义本身就胆小，而且又偏信于算命的结果。若是他不信这个计谋也不会成功，但偏偏卢俊义信，燕青和李固都劝不住他，吴用便成功地把卢俊义逼上了梁山。其实吴用是用了一种攻心计，人无远虑必有近忧，卢俊义虽然平时习武练棒，养了一大帮庄客，但是他内心精神上是匮乏的。吴用就看准了卢俊义这个弱点，针对他的薄弱之处进行攻击。

吴用在上梁山之前是个秀才，是个知识分子，当时的知识分子在民间的影响力是很大的，大在哪里？周围凡是有点什么事都得请他出主意，逢年过节都得请他写个对联，遇事请他写个状子。从吴用出的第一个计划——智取生辰纲，就能看出这个人的人品不太好。作者用的这个智字可以理解为是对吴用的一种讽刺。吴用用了这个计策后，反而把晁盖拉下水，因为他的计谋完全经不起官府的推敲，官府马上就知道这批货是谁劫走的，而且晁盖就是带头人。这就说明吴用的计谋都是一些坏主意而已。这也是梁山好汉们后来无法办成大事的原因，他们的起点有问题，从一开始就不够光明磊落，所以他们也只能是小打小闹，最后被官府吞并。

吴用的危害在于他给别人出的主意都不是光明磊落的主意，但他还要把自己出的主意叫作"智取"，他还要打上正大光明的旗号。不怕真小人，就怕伪君子，吴用就是这样一个典型。再比如吴用使诈骗卢俊义上梁山，卢俊义第一次去做客的时候，吴用就要了一个心计，留卢俊义在山上住了一个多月，每天一个头领请他吃饭，每次都把他灌得不省人事。吴用在这之前把李固等人叫来，骗他们说卢俊义留在山上做大当家，从此以后便不走了。不但如此，他还告诉李固，卢俊义家的墙上已经被题反诗，也就是"卢俊义反"的藏头诗。结果这么一折腾，把卢俊义害得家破人亡，不得不上梁山。所以吴用的问题就在于他专出下作的计策，却还要给自己冠上冠冕堂皇的说辞，把责任都漂亮地推开了，像他这样的知识分子是最容易产生不良影响的。因为这类知识分子在民间的影响力大，百姓都以他们为榜样，一旦他们行为不端，很容易导致普通人价值观的扭曲。而且吴用的计策是比较歹毒的，在卢俊义家的墙上写反诗，给他安上了莫须有的罪名，最后卢俊义家都散了，逼得他不得不上梁山，而吴用还认为自己是巧妙地施了一个计谋，但实际上他这些计谋是非常糟糕的。这也是作者给他取名吴用的原因，吴用即为无用，只知道出些阴谋诡计，哪怕你是智多星也是无用的。

其实吴用的套路基本上都差不多，坑蒙拐骗，但我们必须考虑到他的身份。吴用是一个书生，因此他自然不可能在武力上对梁山有什么贡献，只能帮梁山上的人出点鬼主意，想些旁门左道，结果往往事与愿违，还把别人拉下水。

吴用在故事中反复使用的策略是攻心计。比如说在征方腊的过程中，每一战下来都有兄弟横死，宋江很是心疼，同时也觉得晦气，便不想再做这件事了，而且弟兄们都这样折损太可惜了。

吴用这个时候就给他打了一剂强心针，劝说他继续征方腊。这就是上文中提到的，吴用总是出这种不好的主意，想些旁门左道，但又把自己修饰得堂堂正正，这是一种很虚伪的行为。另外这个人也比较歹毒，他用的手段是比较狠的，是会给别人造成很大损失的。而且吴用总是利用自己算命先生的身份故弄玄虚，因为当时的人相信道家的理论，于是吴用便总是用天机等说法糊弄宋江，但实际上他恰恰也是在利用宋江，在利用宋江实现他的政治野心，实现一个落寞的知识分子的价值。这也说明吴用这个人是比较自私的，他的目的是要展现他计谋的高超，展现他在梁山好汉中的优越性，所以吴用是极少考虑他人的。人们在生活中应当警惕这样的人，所谓流氓不可怕，就怕流氓有文化，吴用就是典型的有文化的流氓。到最后征方腊时的大量伤亡，吴用是要负很大责任的。

智慧分为两个部分，智和慧，大部分人把智看得重，但是在慧上面下的功夫少，慧就是我们说的良知良能，所以心学主要是开发这部分。吴用就是把重心放在智，因为他叫智多星，他恰好就是智多于慧，这样就跟鲁智深形成了鲜明的对比。鲁智深是没有智，他从来都不用计，什么都没有方法，什么都不得要领，但是他有慧，他俩恰好是相反的，互相作为反衬。

这就说明如果一个人在学问上、读书上很厉害，可是慧这个部分没开发出来，没有开发良知和良能，没有把人性的真善美的东西开发出来，那么这个人很有可能无法把自己所学的知识用在正道上，就像吴用那样。吴用的例子就是告诉我们，如果某个人有了知识，有了智慧，有了学问，比如说成为一个博士，但是他的人品不行，他的慧根没有得到开发，这样的人是更可怕的。从教育的角度来说，这就好比妈妈学心理学教育孩子，但妈妈却没有爱的能力。结果妈妈学的方法越多，小孩就越生活在水深火热之中。吴用作为一名知识分子，若是他的慧根能达到鲁智深一半的水平，那么他就能对这个社会产生积极的影响，能够引导自己身边的人，从而为改善社会做出自己的贡献。

所以在梁山好汉中，出身卑微的人，没有文化、使用暴力的人反而没有这么大的影响力，而这也能给我们很大的启发，即对于教育工作者，对于社会工作者，对于每天在影响别人的人，必须要树立正确的价值观，要有良知，要让一些有良知良能的人去掌握这个社会的话语权。

当然，别人怎么做是别人的事情，我们要做的是保持自己的初心，即使社会还有不足之处，每个人也都可以通过自己的努力做出一些微小的改变。比如作为一个优秀的老师，就可以通过自己人格的影响力，让孩子的人格受到好的影响，引导孩子走上正确的道路。孩子长大之后有可能让这个社会发生巨大的改变，一切都是有可能的。一个人的影响力是有限的，但是一旦投入教育中，就可能产生无限大的影响。所以吴用的影响是很大的，他的这些坏主意波及了很多身边的人。因此人们不能小看这种没有良知的知识分子，不能因为他看起来没有危害就不提防他。社会上有许多这样的人，他们就隐藏在普通人当中，不断地发挥着自己的影响力。

应当重视身边环境对人发展的影响。孟母三迁的故事大家都很熟悉了，孟子的母亲在发现住所附近的环境可能产生坏的影响后就带着孟子反复搬家。人是无法决定自己身边的大环境的。人总是处于各种环境之中，并受到环境的影响。但是在人们无法改变身边不良环境的情况下，人也未必就是完全被动的。环境不变化，人是可以变化的，像孟母就懂得带着孟子离开不良环境。在人与环境的关系中，人应当是灵活的，可以变通的。当环境或身边的人对自己有不良影响的时候，人可以主动离开这种环境，我们未必要直接地和环境做斗争，不需要产生正面的冲突。俗话说惹不起躲得起，在这种情况下，虽然看起来是被动地离开某个环境，但实际上选择离开的那一方才是主动的。

像梁山这样的团体，需要的是大丈夫，而不是吴用这样的小人。吴用虽然看起来机智，但实际上是个小人。每次他使用阴谋诡计时，都把自己包装得冠冕堂皇。虽然这个世界并不是非黑即白的，但人还是应当坚定自己的价值观。吴用很清楚人们价值判断的模糊性，他所做的就是利用黑白之间的灰色地带，在边界上游走。他的这种做法是一种小聪明，尽管他是一个读书人，但他所获得的知识既没有让他获得良知良能，也没让他能树立起大局观，因此吴用的格局是很狭隘的，他的计谋更多的是一种利己主义，而不是在为梁山兄弟着想，这一点也跟鲁智深形成了鲜明的对比。吴用会因为自己的兄弟受难而忧愁吗？显然不会。

当然吴用这个角色的塑造也是很成功的，作者赋予他"智多星"的名号和"无用"的名字，表面上是夸赞，实际上则暗暗地贬损了他。并且这个角色在现代社会中也能找到对应的人，因此读者可以看到，经典著作中的人物塑造有普世价值，人是具有跨越时空的共性的。

第十五章
难成大事的梁山团队

　　人类在进化当中，始终会有一些人性和性格上的缺陷，所以本书才要通过分析《水浒传》解读人物的心理，让更多的人看清自己，不要受制于自己。实际上与其说梁山好汉受制于吴用，不如说受制于自己。虽然吴用使用了奸计，但如果卢俊义自己的人格完善，吴用的计谋也就彻底无用了。吴用能蛊惑卢俊义，是因为他在卢俊义不知道自己缺陷的情况下给了卢俊义想要的东西，所以卢俊义才轻易地接受了他的心理暗示。

　　卢俊义这个人，他看起来心地善良，乐善好施，还收留燕青和李固，但实际上他并不是完全出于善意才去收养这二人。因为乐善好施是一种品德，是一种习惯，真正乐善好施的人是可以从帮助他人中获得纯粹的快乐的，他不会要求回报，更不会以高高在上的姿态来施舍。当然这么说也不是要否认卢俊义性格当中的闪光点，光是收留燕青、李固二人，也足以说明这个人骨子里有善良的一面，见不得别人受太多苦。

　　吴用的厉害之处并不在于他懂得算命、懂得看天象，而是他能看到人内心的弱点，他的计谋恰好击中了卢俊义内心最薄弱的地方，因此才把卢俊义逼上了梁山。卢俊义最在意的东西是什么？是他的财富和他的名声。这两者对卢俊义来说是最重要的，他的整个身份都是由这两样东西堆砌起来的，他害怕失去财富和名声，因此才会有如此大的反应。从这里读者首先就可以看出，没有哪一个梁山好汉的人格是完美的，当然没有人的人格能是完美的，一个立体的人是优缺点并存的。其次，读者可以发现，每一个梁山好汉的性格中都有一个明显的缺陷，但他们看不到自己性格中的缺陷，认不清自己，这就导致了他们经常被环境和他人抓住弱点，从而丧失掌控自己命运的机会。比如武松就是经不起夸奖，吃软不吃硬，自卑，需要他人的认同。而宋江的缺陷则是假性完美主义，只要有人跟他说，某个事情有两全其美的解决方案，那么宋江就会对这个人俯首帖耳，因为宋江不想做出选择，他不想破坏自己完美的形象。至于卢俊义，他的弱点就是太在意他的财富和名望，只要有人拿他的财富和名望做文章，那么他就一定会上钩，被人牵着鼻子走。每个人的性格中都有弱点，而这个弱点就是我们想尽办法要维护的东西，比如有的人在意名声，有的人在意面子，这些被投注了大量注意力的事物，往往反映了一个人内心的缺失。

所以想要完善自己的人格，首先需要进行自我检查，也就是内省，通过自我反省认清自己，发现并承认自己的不足就是进步的开端。无论外面的环境如何变换，还是要做一个正行、正知、正见的人，做一个正性的人，而不是一个负性的人。

那么接下来要分析的人物就是鼓上蚤时迁。时迁以前是掘古坟的，也就是盗墓的，按照现在的说法叫摸金校尉。时迁有一个爱好，他别的不喜欢，就是很喜欢吃鸡。他有一次和杨雄、石秀相遇，时迁就试图引导杨雄和石秀去投靠梁山。他们在一个小店里面，看见了一只鸡，结果他旧习难改，把人家的鸡给杀了炖上了。人家小二看到鸡不见了，灶上有鸡炖着，地上还有几根鸡毛，便对时迁说：你要吃鸡你跟我说，怎么不声不响把我家报晓的鸡给吃了？这只报晓的鸡就相当于当时的闹钟，每天早上叫店小二起床干活，结果时迁把人家的闹钟给吃了。店小二生气了，告诉时迁这不是花银子就能解决的事情。结果时迁的反应也是相当恶劣，他不承认自己杀了人家的鸡，他说自己没有见过他家的鸡。结果到最后杨雄受不了了，便向店小二提出了要给他补偿。这个故事就反映出时迁偷鸡摸狗的习惯一直在，而且他敢做不敢当，不愿意承担责任，这与人们对英雄好汉的定义相去甚远。

　　当然，时迁也并非一无是处，梁山一百零八位好汉各有各的本事，时迁自然也不例外。作为一个小偷，时迁最大的优势就是灵巧、做事神不知鬼不觉，所以最后他在大名府的时候，还是起到了决定性的作用，去烧了翠云楼，火起之后，各人见信号来了便开始行动。也就是说他这些偷鸡摸狗的本事若是用对了地方，还是有可取之处的，比如他可以做哨兵、通风报信的人。但是整体而言，时迁是闲不下来的，按照现在的说法就是习惯性偷窃。

　　所以梁山其实是颠覆了我们对于英雄好汉的常规认知的，这也是作者的一个过人之处。他的目的不在于塑造出完美的英雄形象，而是对人进行朴实的描写，呈现出一个个完整而立体的人，包括他的优点和缺点，他的闪光点和劣根性。读者可以看到，梁山一百零八将几乎每个人都有一个小辫子，很容易就被人家抓住把柄，这是他们这个团体的共性，这也是为什么在梁山上没有明确的等级关系，出身好的人、曾经当官的人、佛教徒和劣迹斑斑的小偷、杀人犯都可以平起平坐，聚啸山林。在一个等级制度森严的社会，反而是在这种情况下，实现了人与人之间的平等。而且那么多原本出身卑贱，有恶劣前科的人依然能在梁山泊闯出一片天地，做上步军首领。所以说人物虽小，但是每一个细节呈现出来的都是社会上这些最真实的草根人物。

还有一个人物跟时迁类似，也是出身低贱的草根人物——白胜，为什么会提到这个人呢？首先白胜是一个赌棍，他喜欢赌。赌徒总是很穷困的，但有一天白胜突然就有钱了，于是他被人抓起来质询。这段描述是这样子的：叫了店主人做眼，迳奔到白胜家里，却是三更时分，这个时间点。叫店主人赚开门来打火，只听得白胜在床上作声，问他老婆时，却说道："害热病不曾得汗。"将他从床上拖将起来，见白胜面色红白，这里有个面色红白，于是就把索子给绑了，喝道："黄泥冈上做得好事！"那白胜哪里肯认，把那妇人给捆了，也不肯招。于是这些公差绕着他的家寻赃。寻到床底下的时候见地面不平，大家就挖地三尺找出了一包金银。于是众多公人就发声喊起来了。这个时候白胜面如土色，就地下取出了那包金银，公人随即就把白胜头脸给包了，带着他老婆，带着赃物连夜赶到了济州城来，在五更天明时分把白胜押到厅前。把他捆起来之后就问他，你们干这事谁是主谋？

谁是出主意的? 白胜就抵赖, 死不肯招, 于是就被打, 打了三四顿, 被打得皮开肉绽、鲜血直流。那个府尹就说了, 你把正主给招来, 捕人已经知道了是那个东溪村的晁保正了, 你这家伙如何抵赖得过去? 你赶快把那六个人说了, 就不打你了。于是白胜又挨了一歇, 所谓一歇, 就是大家打累了, 歇一会儿那个时间。他熬不过, 只得就招了, 为首的是晁保正, 其余的那六人我不认识。那个知府就说了, 这个不难, 我只拿住晁保正, 那六人便有下落了。于是就取了二十斤的死枷锁了白胜, 他的老婆也上了锁, 然后就收监了。夜里他们就来到了郓城县, 悄悄地准备去抓晁保正了。也就是说从最开始白胜在家里养病, 到被人抓走, 再到挖出赃物、交代主谋, 只用了很短的时间, 这就说明白胜这个人没什么意志力。

梁山好汉中有很多这种类型的人物, 这说明一百零八位好汉并不是每个人都是真正的好汉, 并非所有人都是正面的形象。白胜就是一个地痞无赖, 是一个小混混。这说明梁山好汉之所以不成功, 是因为他们还不具备成功的一些因素。毕竟外部环境对他们是有利的, 当时的皇帝把天下搞得鸡犬不宁、民不聊生, 老百姓本身是渴望有人替他们出头的, 而且他们抢的又是生辰纲, 本是替老百姓出气的事情。但为什么他们不能成功呢? 因为他们本质上还是一群乌合之众。如果他们不是乌合之众, 是真正有计划的一个集团, 事情就会不一样。哪怕他们的军师不是吴用也无济于事, 即使是晁盖, 也只想要大碗喝酒、大块吃肉。晁盖没有领导能力, 宋江告诉他有人要来抓他了, 他竟然连自己的退路都想不到。所以说这一帮人注定无法成大事，因为他们对自己缺乏清晰的认知，也没有周全的计划，他们的失败是必然的，这也反映了当时社会混乱，什么人都可以造反。比如都头雷横，他是个牢头，也是很有问题的一个人，利用自己的职权为自己牟利。《水浒传》里的人物，只要是官府的基本都存在贪赃枉法的行为，尤其是童贯、蔡京、高俅，他们就是最典型的代表人物。就连武松也难逃这一规律，在施恩的利诱下，他为了逃过棒打，帮施恩报复了蒋门神。在当时的社会中，权力已经变成了个人谋取私利的手段。

白胜只不过就是村子里的一个小混混，平时就爱好赌个博，结果也能混出一个梁山好汉的名号，这说明梁山这个组织是没有人员的筛选机制的，里面的成员良莠不齐。所以从这个角度来看，鲁智深所做的每一件事情还真就都是善举，而且他行侠仗义的方式还很特别，独具一格。他去教训镇关西，先是戏弄他，让他先切十斤精肉，再切十斤肥肉，再来不带肥和不带瘦的脆骨，戏耍了他一番才出手揍他，这也是为什么叫他花和尚，因为他是一个有趣味的人。但这个花不是说他花心，不是说他花花肠子。鲁智深肯定有很多花心的机会，但他都没有去做。鲁智深救了刘太公的女儿，若不是因为他是和尚，刘太公极有可能为了报答他而把女儿许配给他。他一开始救的金家父女也是同理，但鲁智深一点这样的心思都没动，这说明他在这方面还是恪守道义的。

也有人说叫他花和尚是因为他不守戒，两次大闹禅门。所谓"酒肉穿肠过，佛祖心中留"说的就是鲁智深这种人。为什么他可以不守戒？因为他已经不需要在这上面做功夫，鲁智深的修行并不是在智的层面，而是在慧的层面，他已经不需要这些外在的、有形的规则去约束自己。一般的修行者要守戒是因为他们还需要可见的规则来束缚自己，否则无法修行，而鲁智深骨子里已经有了佛性，已经有了慧根。在五台山的时候，他师父其实已经很清楚这一点了。他与强抢民女的董平不同。读者可能发现了，《水浒传》中出现了很多太公，而他们又恰巧都有个女儿，这也是作者有意安排的。在《水浒传》中的规律总是软的怕硬的，硬的怕横的，横的怕愣的，愣的怕不要命的，而书中也往往是太公被欺负，是太公的女儿被霸占。那欺压这些太公们的又是什么人？都是要准备上山的山大王，这些山大王自己也是被人欺压才逃上成为山大王的。然而仔细一想，欺压山大王的人又总是官府的人，这就构成了一个链条，一个恶性循环。官府不作为，逼普通人造反，造反的结果又作用在百姓身上，这就是当时的社会大环境。

既然本章集中讲了《水浒传》中的反面人物，那么就不得不提王英，他也是恶人中的典型。王英是清风寨的二寨主、二头领。这个人无恶不作，连人心都敢吃，什么人都敢抢，手段非常恶劣。为什么说他是最具代表性的呢？他是最敢纠缠别人的一个代表，他是最无耻的代表。王英这个人虽然是山林的头领，但是他大吃大喝，在他们团伙出去犯案的时候也不怎么出力，但一旦有了战利品，他就据为己有。每次下山去抢夺，他都只在旁边指挥着，等团伙得到了战利品，他就自己先上来挑选，坐享其成，非常厚颜无耻。

有一次他们下山看到了一个女子，长得非常漂亮，王英马上蠢蠢欲动，把财物和这个女子一起掠夺上山。上山以后王英就跟大哥说：今天晚上这个女子给我了，其他的可以商量。当他想把这个女子带走的时候，那个女子就哭哭啼啼的，刚好当时宋江在山上做客，听到了这段对话，想起他的结拜兄弟花荣，刚好是这个女子丈夫的同僚，他便想卖个面子，这样也好给自己的兄弟一个交代，于是他就劝王英：这个女子因为是花荣大哥同僚的老婆，我们不如把她放了。王英不情愿，宋江便说：没事，只要你还给他，以后哥帮你找一个更漂亮的。王英听后觉得也未尝不可，同时又碍于兄弟情面，就把女子给放了。

他第二次碰到这个女人是怎么回事？是当时他去看夜景，宋江就被这个女人看到了。说来也怪，这个女子看到宋江，首先想到的不是宋江对她有救命之恩，而是想到宋江当时跟这群贼人在一起，所以他必定跟贼人有勾结，不是什么好人。于是这女子就报告了她的丈夫，她的丈夫便出动兵马，把他们一起抓起来。宋江被抓以后，王英就去救他。救出宋江之后，宋江非常愤怒，认为一切都是因这个女子而起，便一怒之下把这女子杀了。王英一看宋江把自己看中的女子给杀了，举起刀就砍向宋江，丝毫不留情面。在王英眼中兄弟又算什么，自己的利益才是最重要的。但王英也没办法，这时宋江又让他放心，说未来肯定会帮他找个老婆，后面还真拉着扈三娘来给王英做了老婆。所以说王英是最无耻的一个人物，他为了达成自己的目的，可以说是无所不用其极。

从宋江和王英的故事我们可以看出，在梁山一百零八位好汉中，确实有一部分人是行侠仗义，有人格魅力的。比如鲁智深、燕青、史进，都是没什么污点的人，确实是做好事的。还有一些人是好事坏事都没做，比如柴进大官人，他基本上没做什么事。而有的人就做了坏事，这些人无论是上梁山前还是上梁山后都是劣迹斑斑。所以一个组织想要成功，首先就要建立起自己的人员筛选机制，什么人都收是很容易导致混乱的。有完善的机制和周全的计划，是做成大事的基本条件。

通过分析这些人物，我们可以得出几个结论：第一，当时老百姓眼中的英雄好汉，放在现代来看未必是好人，而反之同理，当时不受百姓待见的人，从现代角度看也未必是坏人。这就是此一时彼一时，有环境、时间作为背景，人的理解会发生变化。第二，善恶的区分也有亘古不变的标准，有一些条件是不会随着时间而变化的，这个是人类社会的恒常性。第三，从人格心理学的角度来看《水浒传》中人物的命运和成长，就会发现善恶不是绝对的，有些人可能是好人，比如武松，他品性不坏，可是他又不是一个好人。为什么又说他不是一个好人呢？因为我们不是从道德的角度出发去评价他，而是从他人格的完善度来分析。武松的坏不是坏在人品上，而是坏在他的性格上。他如果好好处理一下他跟嫂子的事情，也就不至于闹得家破人亡。如果他能克服自卑，克服吃软不吃硬的性格缺陷，也许他就可以更上一层楼，而不是止步于打虎英雄。好人未必是指道德上的好人，要辩证地看待这个说法。

这一章的人物分析是概括性的，没有针对某一个角色进行详细的分析，只是为了把梁山好汉中的反面人物做一个总结，从而揭示梁山这个组织的漏洞，以及他们无法有所作为的必然性。在写作这本书的之前，我查阅了大量文献，发现对古典文学的分析很多，但对作品中人物的心理分析研究还是很欠缺的，这说明我们对于古典经典名著人物的心理研究还有极大的发展空间。当然这也涉及研究角度的问题，人们习惯从文化、社会、文艺的角度去分析人物，而相比之下，从心理学角度分析则难以拿捏。因此本书的工作也是尝试性的，我试图通过对古典作品的人物进行心理学分析，以现代的视角解读古典文学，除了希望填补这一部分研究的空白，也是想要开拓一个新的视角，另辟蹊径，融会贯通，重新挖掘古典文学中的精华，做到古为今用。以这种全新的视角去解读《水浒传》，读者可以重新理解里面的人物，并且在这些人物身上看到自己的影子。同时，进行这样的解读也是希望这本书能给读者带来启发，能让读者开始挖掘并分析自己性格中的不足之处，从而踏上自我完善的道路。

第十六章
从《水浒传》看婚姻关系

　　本章也是对《水浒传》中的人物进行概括性的分析。在前面的章节中，我们已经分析过了几位最著名的好汉，而在上一章中也对一些反面人物进行了分析。在一开始，本书就说过，每个人心中都有一座梁山，并不是社会或者他人把人逼上梁山，而是人自己性格中的缺陷、自己的弱点把自己逼上梁山的。因此本章我们还是要继续讨论一些角色性格中的弱点，这些人的弱点是跟性有关的。

　　在梁山好汉中，有一部分人是由于夫妻关系没处理好、家庭管理不当而被逼上梁山的。虽然到了现代，整个社会的大环境都变好了，风调雨顺、国泰民安，虽然大部分人都过上了衣食无忧的日子，可是当代人的婚姻生活却越来越不幸福，结婚率降低而离婚率却居高不下。我们就亲眼看到过好多人，因为夫妻关系经营不好，把自己的生活搞得一塌糊涂，甚至还有人因此丧命。在人们传统的观念中，古代封建社会的男女关系是不平等的，因此就没有经营婚姻生活这个概念，但事实上，即使是在古代，家庭关系也是需要多方共同进行维系的。本章要讨论的就是梁山好汉们的婚恋和家庭关系，分析那些因为婚恋和家庭观系经营不善而被逼上梁山的人物。

　　一提到《水浒传》当中的男女关系，人们自然就会想到西门庆、武大郎、潘金莲等典型人物，当然涉及男女关系的人物不止这几个，本章也将展开讨论其他人的男女关系。首先要分析的人物是杨雄。杨雄是婚姻关系经营不善的一个典型人物，在婚姻生活中杨雄不太关注自己妻子生理和心理上的需要。水是有源的，树是有根的，事情的发生不是偶然，是一开始就种下的因所导致的。杨雄的妻子跟她的一个表哥好上了，而这个表哥是一个和尚，这当中发生了一系列故事，通过分析这些故事，希望给读者们带来一些启发。

　　杨雄在《水浒传》中的身份是什么呢？按照现代的观念来看，杨雄是看守所里的一个职员，平时有行刑的时候，他也要担任专职的行刑人员。也许是职业所致，杨雄在日常生活中的情商是很低的，这一点从他的婚姻关系中就可见一斑。杨雄有一个老婆叫潘巧云，他的老丈人对他是比较满意的。而杨雄这个人的事业心比较重，每个月总是有二十几天在牢房里守夜，平时比较少和他的家人、妻子沟通，因此杨雄就对自己妻子了解较少，忽略了妻子的生理和心理需求。杨雄有一个叫石秀的结拜兄弟，石秀原本是一个生意人，因为和叔父失散投靠了杨雄。石秀别的不会，只会卖猪肉。所以说《水浒传》里的很多人物都是普通的市井小民。石秀有个外号叫拼命三郎，这说明他也是一个狠角色，杨雄作为兄弟关照石秀，就在他丈人的门口安置了一个铺面给石秀卖猪肉，因此石秀和杨雄的家人也就难免有些私下的往来。

那么潘巧云又是如何跟这个僧人好上的呢？当时潘巧云家里做法事，便请那个僧人到家里面去超度。所谓"女人俏，一身孝"，杨雄的妻子穿了一身白衣孝服，出来进行祭拜的时候，据书上讲，和尚的木鱼当场就跌落，念经文的念错了行，还有人诵的经书、敲的钵都掉落在地上。作者的描写方式很夸张，说明连和尚都为潘巧云的美貌所倾倒。为首的这个和尚又恰好是潘巧云的一个故人，法名叫作海公，即裴如海。而这个海公和尚看出了潘巧云对他也有好感，于是二人便勾搭上了。潘巧云撒谎说要去寺里还愿，要答谢她母亲生她下来的时候的一个愿。结果杨雄不明就里，便让潘巧云独自前往。潘巧云也很聪明，带上自己的父亲和丫鬟一起去了寺庙。之后，海公在寺院里请潘公喝酒，用库存的好酒把潘公灌醉了，并谎称要带潘巧云去楼上看佛牙，其实就是去行男女苟且之事。

读者可以发现，在婚姻生活中，杨雄对潘巧云的关爱是不够的，不论是生理、心理的关爱都不够，所以导致了他妻子的出轨。潘巧云和海公好上以后，两人还商定好一个计谋，让海公去请一个和尚在边上敲木鱼报时，一听到暗号二人便可以相会。二人本以为这个计策天衣无缝，但万万没想到在实施的过程中被杨雄的拜把子兄弟拼命三郎石秀看到。石秀觉得潘巧云这人不地道，便想要告诉杨雄。有一天杨雄被石秀拉去喝酒，石秀就把这事跟杨雄说了。杨雄得知后非常愤怒，又加上喝了很多酒，回家以后就有点张狂，也就有了后来杨雄醉骂潘巧云，石秀智杀裴如海的情节。

　　杨雄回去之后借酒劲把潘巧云骂了一通，潘巧云也不傻，觉得杨雄对这件事情的了解应该是通过石秀，因此知道得很不全面。于是在杨雄酒醒之后，她哭诉石秀摸了她的胸脯，问她说有无身孕。杨雄是个头脑简单的人，情商也不高，听完这话杨雄也不追究真假，直接去到他租给石秀卖猪肉的门面，把砧板和猪肉案全部掀翻打烂了便扬长而去。石秀回来一看，立马就知道是杨雄回家以后跟妻子走漏了风声，被妻子骗了才这样对待自己。既然二人是兄弟，石秀也不好替自己辩解，决定直接替杨雄行动。所谓朋友妻不可欺，何况潘巧云和裴如海很有可能会合谋害杨雄，做兄弟的不能眼睁睁看着朋友被害，于是石秀直接收拾好东西，找了个地方藏身。石秀这个人虽然只是个卖猪肉的，但实际上观察力很强。他注意到平时这边晚上是没有人来报时的，因为这条巷是死巷，何必进去报时间呢？石秀便觉得有点不妥，故意盯梢和观察，就发现了潘巧云和裴如海的奸情。只要一有人报时辰，潘巧云的丫鬟把小门一开，裴如海就进去云雨一番，陪同潘巧云直到五更时分才出来。

　　在发现了潘巧云和裴如海的计谋之后，石秀抓住了报时的人，问清情况后便把他杀了，冒充成报时的人等着裴如海。等到五更，裴如海毫无防备地走来，被石秀把脖子一抹，还没搞清楚状况就死了。石秀把裴如海身上所有的衣都脱光，把他和报时的和尚丢在了后巷。两个和尚被人脱光了衣服丢在后巷，马上就有人发现报官了，结果一查发现这人是某某寺院的裴如海。从这个情节设置中也可以看出作者所处年代的文化背景，当时虽然儒道佛三教合一，但道教地位是较高的，所以作者难免会受到影响，把负面的人物安排进佛教的文化背景中。

后来杨雄一看后巷死了这二人，马上就知道是自己的兄弟石秀干的。杨雄就去找了石秀，二人一见面杨雄就跟石秀道歉，杨雄还是咽不下这口气，二人便想出一个计策。石秀说山后面有一个清静的去处，你骗潘巧云一起去烧香。杨雄把潘巧云和丫鬟一起带到了山上僻静处，这个时候潘巧云见到了石秀，马上就明白怎么回事了。这个时候杨雄不管三七二十一，直接把潘巧云残忍地杀害，连她的丫鬟也不放过。石秀知道这件事已经由不得他来插手，便没有出手阻止杨雄。杀了人后二人已无路可逃，最后就决定投奔梁山，当时恰好遇到鼓上蚤在山后面盗墓，听到他们的言语，几人便结伴上了梁山。

通过这个故事读者可以发现，杨雄作为丈夫，情商和智商是很低的。他在与妻子的沟通中没有尽到作为丈夫的责任，潘巧云的出轨，更大的程度上是因为杨雄在生活中对她的冷漠。夫妻生活冷漠，就是情感生活冷漠，导致潘巧云的出轨、偷情。其实不只是杨雄，包括卢俊义的家奴李固和他的老婆也是这样的情况，由此可以看出这些所谓的英雄好汉经常自家后院起火，他们处理不好自己的家庭关系。纵观所有的梁山好汉，有多少人在上梁山之前是有妻子的？林冲、宋江、卢俊义都是有妻子的。以林冲为例子，从他在休书中写的内容，可以推测出林冲结婚的年龄。林冲当时是一个教头，他是在三十岁左右才娶的老婆，而在当时大部分人是十五六岁就成家了，而卢俊义也是三十来岁才成的家。因此总结起来，梁山好汉中有家室的人很少，而有家室的人也基本上是大龄才结婚。比如晁盖，他又有钱又有势，但是没老婆。按理说当时有钱有势的人不可能找不到老婆，这说明什么？整部小说中对于性有一种天然的排斥，而这种天然的排斥反映的就是背后的道家思想，是养生的思想在起作用，道家的养生思想是避讳女色的。

李逵有一次做梦，梦见他救了一位太公的女儿，太公说要把女儿许配给他，他当时就勃然大怒，说你以为我救你的女儿是要图她什么吗？也就是说李逵天生对男女之情有反感，他只是梦见人家要把女儿许配给他便有如此激烈的反应。还有李逵当县令的时候有人告状，说被梁山的宋江抢走了女儿，抢亲到山上去了。李逵不由分说，回去以后，把杏黄旗一顿乱砍，并且扬言早晚要把宋江给砍了。李逵对宋江那么好，对宋江唯命是从，但唯独不能容忍宋江在男女私情上犯错误。梁山好汉们杀人放火的事做得也不少，按理说抢亲不算很严重的事情，宋江若是犯点别的事李逵也未必会插手，这说明说李逵天生排斥和女性有关的事情。在《水浒传》中的人物，有的完全没有婚姻关系，而有婚姻关系的人则很晚才进入婚姻，而这其中绝大部分人都是避讳男女关系的，这就反映出当时的社会文化是抗拒性的，同时也是抗拒女性的。

传说吕洞宾写过一首诗，大概是说美丽的女性腰间系了宝剑，专斩男人。按照道家的说法，一旦沉迷于女色，修炼的功力就白费了。当然这里说的道家不是传统意义上的道家。宋朝时期儒道佛三教合流后产生了理学思想。理学中蕴含了很多道家的理论，但这不是原本的道家思想，道家思想原本是不完全反对人的世俗生活的，道士也可以娶妻生子，但宋朝的理学则是完全禁欲的。也就是说三教合一带来了文化的融合，但同时这种文化也是为了要迎合统治阶级的需要，这就导致了一些思想上的篡改。所以在当时的文化环境的熏陶下，形成了被普遍认同的价值观，老百姓认为凡是喜欢舞枪弄棒的，都以不近女色为荣。这种对性的排斥背后隐藏的并不是真正的清心寡欲，毕竟梁山好汉们虽然没有娶妻生子，但其中一些人追名逐利的事情并没有少做。对性的极端排斥，反映的是对人的天性的压抑，而这种过度的压抑其实是有违伦理的，这种压抑表面上看来可以稳固当时的阶级关系，但实际上它加剧了社会关系的不稳定性，它违背了社会正常运转的机制。实际上应当鼓励人们建立家庭，有稳定的生活，整个社会才会随之稳定下来。

孟子曾经提出"人有恒产才有恒心"，人有固定的财产，而且这个财产可以传承给自己的后代，人为了守住这些的财产，就会有恒心坚持下来，才会好好地过日子，不会想着造反。人无恒产无恒心。我们现在社会所做的管理方向就很正确，一步步慢慢来。既然本章是讨论梁山好汉的婚姻问题，那么这句话可以换成"有恒妻才有恒心"，有一个妻子长期跟自己好好地过日子，一个人的生活就会比较稳定，不会那么容易被逼上梁山。虽说林冲遇到了意外，妻子遭到他人的调戏，但这种事情在现实生活中其实是小概率事件，并且林冲被逼上梁山看似是因为这个，但实际上是由于他性格中的缺陷所致，也就是说妻子遭人调戏只是一个导火索。同时从这些梁山好汉们失败的家庭生活中，读者可以看出这其中很多人并没有踏踏实实地过日子。

《水浒传》的整个背景中存在着三股气：一是宋朝封建社会、政府管理失职的邪气；二是社会的乌烟瘴气，是一种不良的文化风气；三是所谓的江湖义气，这里的江湖义气并不是指真正的义气，而是江湖上一些迂腐的规矩，一些不健康的人际关系。作为社会管理者，应当破除这些不良风气，让人们在健康的家庭中稳定地生活，这样整个社会才会朝正确的方向发展。举个例子，为什么一个人会得腰椎间盘突出呢？是因为腰部的肌肉护不住他的脊椎了。表面上看是一个脊椎出问题了，但实际上是脊椎周围的肌肉群出问题了。由于肌肉劳损，导致了肌肉群的无力，从而影响到脊椎。也就是说背部的肌肉群对脊椎有一种拉扯力，是脊柱的支撑系统，这就好比整个社会的文化大环境。现代社会中，老一辈的人们对婚姻的理解和现代人对婚姻的理解很容易形成一种极端对立的状态，上一辈人对婚姻过分看重，即使婚姻关系已经是不健康的也不肯离开，而年轻人则处于另一种极端，他们对婚姻关系不够重视。现在的离婚率居高不下很大程度是由于人们不愿意再投入大量的精力去经营婚姻关系，他们没有"恒妻"的概念，因此也就导致了家庭生活的不稳固。

没有"恒妻"的概念，也就不会用心经营婚姻关系，而婚姻关系是以家庭为单位，若是连自己的小家都管理不好，一个人该如何去维持跟他人的关系呢？这是一个以小见大的问题，不治小家何以治大家？社会就是由无数个家庭组成的。这种不良的风气危害是很大的，十个实实在在的罪犯，也不如一股不良风气的影响大，因为个体的影响力是有限的，而不良的社会风气是在制造一种氛围，在引导一种方向，在引导人们的价值观。就是说，一个小偷偷东西能坏多少事？而一个职业道德有问题的新闻记者，他所造成的影响就相当大了。因为偷窃是行为上的不端正，而作为记者，是思想上的不端正，思想上的扭曲远比不良行为造成的后果严重。所以要考虑到制度的背后有一种巨大的社会文化，要对社会风气进行约束。若是约束力缺失，社会风气就很容易带来不可挽回的后果。

再回来说当时宋朝的社会管理。如果宋朝的掌权者可以透过现象看本质，就应该知道社会的稳定不能完全依赖政策的严苛。要想社会稳定，首先要稳定的是民心。假如说统治阶级真的考虑到社会治理，就会想办法先稳住一些可能造成动荡的人物。比如梁山一百零八个好汉中的阮氏三雄，比如晁盖等人，若是想要稳住这些人，统治者可以考虑让他们都成家立业，让他们都能娶到老婆，能有一个自己的小家，自然就可以防止他们产生造反的心思。有恒产有恒妻，人便有了恒心，会想要把有价值的东西传递给自己的后代。实际上这些好汉们上梁山也是因为没有恒心，这个恒心就是指对生活的信心、对坚守道义的信心。梁山好汉们没有这种信念，其中一个原因是他们对自己没有信心，其次也有社会风气的影响，包括理学思想的影响。理学思想表面上看起来是三教合一，实则是为了满足封建社会统治阶级需要的一种产物，这里面包含的道家思想就是一种不健康的养生思想，没有一个科学的体系。虽说理学家们如此注重存天理灭人欲，但事实上那些官员们自己本身就没有做到，不少官员们打着禁欲的旗号，私底下却做着偷鸡摸狗的事情。比如像调戏林冲妻子的高衙内，他作为一个有较高社会地位的人，却偏偏做出这种见不得人的事情。纵观整部《水浒传》，都能看到偷情、强抢民女等恶劣的行为，这说明对人性的过度压抑会带来相反的结果，原本理学家们提出禁欲是为了稳定社会，但这种过度的压制反而加剧了当时社会的不稳定。

《水浒传》当中跟男女关系有关的部分，除了是为了反映当时压抑人性的文化环境，同时也是作者彰显人物性格特征的写作手法。凡是作者要拿出来当反面教材的人物，总是很容易在男女关系上栽跟头。从这些描写中读者可以感受到作者自己的偏好，大部分正面的人物，在作者笔下都是不近女色甚至抗拒女性的，比如李逵，他在梦里都能压抑自己的本性，拒绝一切男女私情，这是因为作者非常喜欢李逵这个角色，所以才让他符合当时文化环境的要求。从这个角度来看，可以看出作者本人虽然是在批判当时的封建社会，但他自己也难免受到当时文化环境的影响。也许他并不赞同理学思想，但文化对人的影响往往是潜移默化的，很多时候人们自己也难以察觉。作者不是一个心理学家，他是一个很像社会学家的作家，因此他写的是社会伦理，写的是历史故事，写的是封建王朝，写的是农民起义，所以在他心里，李逵这种角色自然是当时人们眼中真正的大英雄。

第十七章
存天理灭人欲？太天真

上一章分析了《水浒传》中对男女关系的排斥，这是当时理学思想为主流的文化环境所致。理学家们制造了一种禁欲思想和氛围，将正常的人性描绘为洪水猛兽，但事实上许多身居高位的人却没有遵守这种思想，统治者的言行和他们所宣扬的思想是不一致的，这是统治阶级的虚伪。而且知识分子也为虎作伥，以吴用为例，他区区一个落第秀才都能产生如此恶劣的影响，那童贯、高俅、蔡京之类的就更狠了。这说明当时的统治阶级和知识分子都很虚伪，表面上说得冠冕堂皇，实际上宋朝的风月场所经营得风生水起。宋江想招安去找李师师，直接就在风月场所谈判。宋朝的文化氛围提倡禁欲，却禁不住人性，反观唐朝，唐朝的文化氛围是最开放的，反而那个时候的社会整体要比宋朝稳定。

到了宋朝，理学兴盛，理学家们一边压抑人性，一边却自己在行苟且之事，同时把女性变成是自己的资产。这就好比骗别人说某个食物有毒，自己却在私底下偷偷吃。这就是一种虚伪的表现，分析鲁智深的时候就提出，真诚是最重要的品质，鲁智深是个真诚的人，因此他也是好汉中下场最好的一个。不仅对待他人要真诚，整个社会也应当是真诚的，社会要真诚就是社会不要愚民，而在推动真诚的社会时，作为个人我们能做的就是不要和虚伪的人同流合污。人是很容易就愚弄别人的，连吴用这样的人都能愚弄他人。他把别人耍得团团转，却没有一个人觉得他有问题，连被他坑上了梁山的人也没有觉察到，还好好地在梁山上喝酒吃肉。正直的人坚决不能为虎作伥，封建社会皇帝率兽食人，三大野兽童贯、蔡京、高俅无恶不作，但宋江还要跟他们同流合污。统治阶级如果率兽食人，最终受苦的还是老百姓。

很多人认为，每个人都只是社会中的一个小的个体，无法凭一己之力改变社会风气。但事实上一个人能做的事情有很多，首先从自我规划上，一个人应当是可以控制自己的。现在是自媒体的时代，每天在各种平台上都有大量的信息，这其中有许多属于不实信息或负面信息，而个人能做的就是不去传播这些信息，能做到这点，就已经是贡献了一分力量。

统治阶级一边压抑人的需求，一边背地里满足自己，这说明人的需求还是相当重要的。《水浒传》中的矮脚虎王英和三寸丁武大郎，从外号就可以看出其貌不扬，但两个人都娶了如花似玉的女人，一个是员外的女儿，一个是大员外家里的丫鬟，她们当中一个是心甘情愿要嫁过去，一个是接受了命运的安排。但武大郎最后被潘金莲毒死，而王英最后却能夫唱妇随跟妻子一起征战沙场，这二人的下场可以说是截然不同。那么为何二人的下场差异如此之大？这就跟他们经营婚姻生活的方式有关。书中描写武大郎不好女色、不解风情，自然也不懂讨妻子的欢心，这与他高矮胖瘦没关系, 毕竟女为悦己者容, 所以武大郎之死不仅仅是因为武松不懂得处理事情, 还因为他自己无法经营好婚姻生活。矮脚虎王英的长相也欠佳, 而品行更加恶劣, 扈三娘骨子里边是绝对看不上他的, 但他们的生活却很美满, 这就更加体现出经营婚姻生活的重要性。

女为悦己者容, 比如在现代人工作的高级写字楼有一个女孩子, 每天都打扮得漂漂亮亮的去上班, 经理、老板都追求过她却没追上, 那么最后她是被什么人追上的呢? 有一天公司的一个员工在餐厅吃饭, 看到了这个女孩, 发现她的对象竟然是一个保安, 大家都大跌眼镜, 谁也不信她会被一个保安追到手。因为这个女孩心里清楚, 有社会地位的人未必会真心实意地喜欢自己, 而保安就不同, 他追自己就是因为发自内心的喜欢。这种情况在现实生活中是很常见的, 一个优秀的女性被最不起眼、看起来最没有竞争力的人给追到了, 这就是典型的女为悦己者容。矮脚虎王英确实自身条件有限, 但若是他懂得赞美自己的妻子, 尤其是懂得如何让妻子知道自己欣赏她, 那么他的婚姻关系就会比很多人要稳固。爱妻子是一回事, 武大郎难道不爱自己的妻子吗? 但他不懂如何向妻子表达他的欣赏。一切人际关系都是如此, 重要的是要让对方知道自己的想法, 交流是很重要的。武大郎和王英的差距就导致了二人迥然不同的命运。

王英和武大郎二人命运的不同也暗示了一点: 即使当时的统治者想极力否定男女关系在生活中的重要性, 但他们试图排斥的东西, 恰恰却是很重要的。通过对比王英和武大郎的婚姻生活,读者可以发现恰恰就是因为武大郎受到理学文化潜移默化的影响，不懂如何维系婚姻关系，才走向了这样的结局。

《水浒传》中不近女色的人有很多，宋江也是其中之一，他不但不好女色，甚至还对女性毫不在意，完全不放在眼里。哪怕自己的伴侣给自己戴了绿帽子，他知道后也毫不在意，这对于伴侣来说是一种侮辱，所以宋江是一个完全不解风情的人。因此阎婆惜离开他的时候提了三个要求，因为她拿到了晁盖给宋江写的信，只要把信拿到手她就有证据了，有提要求的资本。她提的要求有三：第一条，她要跟张三结婚，宋江不能反对。第二条，所有家产归她，房子里的东西宋江都不能拿走，不能借故要走。这两条宋江都同意了，只有第三个要求没同意，即把晁盖送的一百两黄金要来给她。阎婆惜提的要求跟作为男性的尊严有关，第二点要求跟钱财有关，而宋江两点都同意了，这说明宋江既不在乎钱财，也不在乎外人如何评价自己。《水浒传》中不近女色的好汉有不少，但他们对待女性的态度是不一样的。宋江和李逵虽然都是不近女色，但二人对女性的态度是截然不同的。李逵对女性的态度是极度抵触的，哪怕在梦里梦到都要激烈地抵抗，而宋江出于道义救了阎婆惜一命，但之后对她是完全冷漠，视而不见的。并且在小说中，仅仅出现了三个有详细描写的女性角色。这是当时的社会大环境所致，当时的社会男尊女卑，女性要依附男性生存。扈三娘、潘金莲和阎婆惜嫁给这三个好汉，都是出于这个原因。

除了武大郎、宋江和李逵，还有一个不好女色的好汉就是卢俊义。卢俊义虽然有妻子，但平时舞枪弄棒，也不太关注自己的妻子，按现在的说法他的行为实际上就是在让女性守活寡。

宋朝为什么会产生这种禁欲的观念呢？这也许要从唐朝开始讲起。众所周知，唐朝是一个非常开放的朝代，国力强盛，国泰民安。一个朝代若要开放，首先它的统治者必须是开明的。唐朝的统治者是关外人，没有受到传统家族文化的影响，所以整个文化氛围非常宽松，人们可以随心所欲地释放自己的天性。唐朝的艺术家也是非常不拘小节的，最典型的例子就是李白。但后来唐朝衰败了，又经历了五代十国的动荡。五代十国时期的社会必然是更加混乱的，原本的社会规则大多失效了，因此等到宋朝再统一国土的时候，就必然会建立起一套严苛的制度，所谓物极必反便是如此。宋朝统治者见证了前朝的衰退后，必然会极力防止同样的事情再发生，加上唐朝时期就已经有三教合一的势头，于是理学迎合着文化趋势和统治者的需求，自然而然地发展壮大。

回到对王英的婚姻生活的分析上来，很多人，尤其是女性读者必然会不理解扈三娘的选择。毕竟扈三娘也算是大家闺秀，而且不是绣花枕头，她怎么能接受跟王英这样一个长相丑陋并且作恶多端的人结为夫妻呢？按理说二人阶级差异如此之大，扈三娘无论从古代还是现代来看都是一个优秀的女性，而王英则是一个恶棍，二人即使结了婚，想必也没什么共同话题，可是她和王英竟能做到琴瑟和谐，这是令人非常惊讶的。这种惊讶是可以理解的，但很多人忽略了当时的社会背景，封建社会是男尊女卑的社会，在那个时代大部分女性是没有地位的，在林冲的妻子到阎婆惜、潘金莲，哪怕是扈三娘这样的女性都很难获得社会的认可。但扈三娘不同的地方在于她遇到了一个愿意对她好的人，再加上当时的女性确实需要依靠一个男性才能生活，所以她才跟王英结为夫妻。跟王英在一起，虽然从各方面看二人都不匹配，但当时社会环境不好，再加上能遇到一个懂得欣赏自己的人，作为一个封建社会的女性，无论是从生存需求的角度出发，还是从自身心理的角度出发，都很难不同意这门亲事。因此阅读这些古典文学的时候，读者要从当时的社会背景出发，才能进行合理的解读。

扈三娘为什么会和王英这么琴瑟和谐？在林冲写休书休他老婆的时候，读者就可以看出当时女性的生存状态。在封建社会，女子的名节是非常重要的。扈三娘是从小就被许配给了祝家庄的祝彪为妻，也就是人们现在所说的娃娃亲，这门亲事是昭告天下的，三家人都知道的，因此三个庄是互为联盟，一起抵抗梁山泊的寇贼的。祝彪死后，扈三娘的身份非常尴尬，她还没有正式被娶进门，这意味着她可以不必为了保存自己的名声而年纪轻轻的就开始守寡，但她被许配给祝彪是当地人人皆知的事情，因此扈三娘当时处在一种两难的境地中。因此嫁给王英，实际上对她而言是一条比较好的出路，而王英也懂得欣赏她，因此他们二人的生活自然十分和谐。

在前面的章节中，对《水浒传》人物的分析是基于人格心理学的，因此这些人物的好和坏不是从道德意义上来评价的。人性是复杂的，不是非黑即白的，读者都知道王英无恶不作，手段极其恶劣和残忍，但他对扈三娘却细致入微，这说明当他回归到日常生活时，是有经营好自己生活的能力的。这么说并不是为了给王英开脱，他对待女性的温情并不能弥补他之前犯下的罪恶，但世上没有纯粹的善人，也没有完全的恶人，而一个足够有高度的文学作品是不屑于去直接对立善恶的，它的水平恰恰就体现在这种复杂性和模糊性中。因此，王英虽然十恶不赦，但他对待亲近的人是很用心的，这是扈三娘能跟他和谐生活的原因之一。而另一个原因则在扈三娘自己身上，在她失去自己未婚夫的尴尬情况下，刚好遇到了王英想要娶她。扈三娘最初未必看得上王英，但在当时的文化环境下她别无选择，同时跟随着王英也能让她更顺利地在这个黑暗的社会生活下去。扈三娘嫁给王英首先是出于现实的考虑，因此她对王英的期待本来就不高，但二人婚后，王英对她的态度让她对这个人的看法大为改观，这也是王英和扈三娘婚后生活和谐的重要原因。扈三娘出于无奈嫁给了王英，却收获了更好的生活，这又体现出当时女性对自己命运掌控的无能为力，女性只有被动地依附于某个男人才能获得社会的承认。

在《水浒传》中，也有试图掌控自己情感的女性，那就是潘金莲，虽然她的行为有悖于伦理道德，但从现代人的角度来看，可以说她是在勇敢地追求自己的爱情，当然由于违背了伦理和当时的社会道德，潘金莲的下场是很悲惨的，她因为自己的行为失去了性命，这就是封建社会女性的经典困境。在封建社会，女性不配拥有自由选择权，凡是想要掌控自己命运的人，都会落得悲惨的下场。潘金莲当初为何会嫁给武大郎？就是因为她的个性太鲜明，不愿意听从家里的安排嫁给别人，才被强行许给了武大郎。

在整个宋明理学的文化背景下，女性是不能有自我的，当然不只是女人，男人也未必就能有自我。在压抑的文化环境下，人受到的压迫是不分性别的，这种压迫是对人性的普遍压迫，并不是完全针对女性的。

说回《水浒传》中的婚姻关系，虽然当时女性没有太多自我表达的机会，但不表达不意味着女性就没有任何需求。《水浒传》中也出现了一些出轨的女性形象，这说明当时的女性虽然被教导要三从四德，但这些压抑的机制并不能取消人的基本需求，人的天性是普遍存在的，这一点也和性别无关。这些出轨的女性都有一个共性，那就是她们的丈夫都忽略了她们的感受，冷落了她们。潘巧云显然是个相貌出众的女性，连和尚去她家里做佛事都能被她迷住。当然潘巧云是给了暗示的，当时女性除了结婚以外难以接触到男性，因此看到男性难免会感到新奇，再加上自己的丈夫对自己不够上心，自然也就会产生出轨的念头。然而在现代，女性追求男性已经是司空见惯的事情了，这也是我们社会进步的一个表现。

这些出轨的女性又体现出了当时社会文化风气的矛盾。当时理学提倡存天理，灭人欲，不但禁欲，而且尤其禁女性的欲，但这些从小被教导要相夫教子的女性在进入家庭后，由于受到丈夫的冷遇，又往往会出轨，这就与她们所受的教育背道而驰。这表面看起来是一个悖论，实际上体现出的是一种真相：人欲是灭不了的，这边堵住了就会从其他地方寻找出口，因此灭人欲是根本不可能的，是在违背人的天性。这不是作者在为出轨找借口，而是抨击理学的一种手法，通过塑造一些显而易见的漏洞，体现出理学的荒谬和不可行。作者一边塑造一些不近女色的好汉形象，一边又描写一些出轨的女性，他实际上是在对当时虚伪的理学做派进行嘲讽。对文学文本进行研究，不能只从表面上做肤浅的解读，而是要从剧情、人物设置中挖掘作者想表达的意义。

在对一些主要的梁山好汉进行分析后，可以发现这些好汉上梁山有主动的有被动的。被动的那一类就属于被逼上梁山，有一些是被骗上去的，比如呼延灼、卢俊义等人，就是中了别人的计上的梁山。被骗上梁山的人一般是在社会上有点影响力的人，或者是政府的官员，被骗上去是为了壮大梁山的队伍，利用这些人身上的资源。还有一些人被逼上梁山是由于自己的行为不当，由于自己性格中的缺陷导致自己无法在社会中继续过正常的生活，比如林冲、武松等人，就是因为没有处理好自己生活中的人际关系，从而导致了后面一系列恶劣的后果，最终被逼上梁山。另一类主动上梁山的主要是为了寻找一个可以依附的集体，自己在社会中没能出人头地，便想在梁山这个团体中寻找认同。比如时迁，他是个小偷，想进大盗集团，认为自己上了梁山以后就不只是一个普通的小偷了。所以他为了讨好梁山好汉，偷鸡给石秀、杨雄吃，希望他们能带自己上梁山。但总的来说，这些人都不是真正被逼上梁山的，在上梁山之前他们并非完全无路可走，他们根本上都是由于没有认清自己性格中的缺陷，逃避自己的责任，才造成了不可挽回的后果。所有被逼上梁山前发生的事件都不是真正的起因，而是一个导火索，梁山好汉无路可走的根本原因还是出于他们自身。被逼上梁山，听起来是无可奈何，实际上是洗脱了自己应当承担的社会责任，对自己的问题强行进行合理化的解读。既然梁山上聚集的都是这种人，那么这个集团必然难成大事，而四分五裂也是必然的结局。这个集体并不是出于某个具体的目标而汇聚在一起的，他们更像是一群落难兄弟，各有各的算盘，即使聚集在一起也像一盘散沙。

点评《水浒传》这件事已经有许多前人做过了，这其中还包括金圣叹、李贽等名人，而且还有丰富的文学评论、文艺评论，这本书只是为了抛砖引玉，开一个头，同时提供一个新的人格心理学的视角来分析文学作品中的人物。对经典文学作品的解读，关键是要跨越时空、跨越文化，要有更高层次的视角，不然解读就乱了，就变成是闲谈了。本书并不是像说书人那样闲谈，不是为了娱乐，而是从人格心理学的视角出发，通过分析这些好汉的人生发展轨迹，让读者领悟到，人不应当把自己的命运交给外部环境摆布，而是可以主动完善自己的人格，把人生的方向盘掌控在自己手中，因此对问题的归因很重要。

《水浒传》的作者在封建社会理学盛行的历史背景下，把上梁山归因为封建社会官逼民反，但我们不能这样归因。若是顺着这种常规的思路便无法进行心理学上的解读，我们的归因强调自我成长的重要性。作为心理学家，我们更倾向于认为人是有主观能动性的，是有能力改变自己的人生，应当为自己的行为负责的。归因不一样，解释不一样，应对方式也就不一样。失败的人总是归因于外部，而成功的人都是内归因，懂得分析自己的缺点，从中总结经验并不断进步。在梁山好汉们的归因问题上，本书的主要观点是要归因于他们自身，这种归因方式即使是在现代也适用，即便现在的外部环境没有那么糟糕，但现代人面对的困难一点也不比古人少，从人际关系到婚姻生活，从工作到孩子的教育，虽然问题的表现形式跟古代不同了，但本质上考验的还是个人的归因和处理能力，所以人必须得考虑归因问题，必须得考虑自我发展和成长问题，否则过不上幸福的生活。现代虽然没有水泊梁山，但人的心中还是有一座梁山，一个人若是铁了心要逃避，总有借口说自己是被逼的，特别是现代，由于科技和经济水平的发达，逃避的方式变得越来越多种多样。古人逃避还可以遁入深山老林，落得一个淡泊名利的美称，但现在的人往往受到花花世界的诱惑，沉迷一些肤浅的娱乐方式中，比如沉迷网络游戏，沉迷各种电视剧、综艺节目中，这种情况越来越普遍，以至于逃避也变成了我们时代的病症。而这也越发体现出完善自己人格的重要性，要把自己的生活轨迹掌控在自己手中，而不是交给外部繁杂的环境。让读者从梁山好汉们的故事中得到关于自身人格的启发，这也是这本书的意义之所在。

第十八章
巾帼不让须眉，解读水浒女英雄

　　不知不觉读者已阅读到本书倒数第二章，这一章我们将着重讨论《水浒传》当中几位有分量的女性角色。梁山上有三位女英雄、女豪杰，就是顾大嫂、孙二娘、扈三娘三位。这三位女性也是历经坎坷，各有各的传奇故事，也各有各的本事。《水浒传》的主角基本都是男性，并且在当时封建社会男尊女卑的文化氛围下，女性是很难在这种以男性为主导的文学作品中占一席之地的。既然作者花了大量的篇幅写这三位女性，而且她们在梁山好汉中能获得自己的名号和排位，那么想必她们有自己的过人之处，那么第一个要分析的就是母夜叉孙二娘的故事。

　　孙二娘的名号是母夜叉，在一百零八位好汉当中排名第一百零三，因为她是开人肉包子店的，所以她的武器是刀。孙二娘的父亲是一个赌徒，并不是一个特别有成就的人，她的母亲非常漂亮，但是最后被一头陀所杀。在自己的妻子被杀之后，孙二娘的父亲改邪归正，戒掉了赌瘾，带着女儿来到了十字坡开了一个包子铺。开包子铺以后，遇到了一个叫张青的年轻人。孙二娘的父亲看张青是一个比较憨厚的人，认为对方值得孙二娘托付终身，便想招张青为入赘为女婿，原本张青没有这样的打算，但见到孙二娘本人后便马上答应了。张青是答应了，可是孙二娘却不买账，她看不起张青，并且多次奚落他，时间长了张青受不了想要离开，却又被孙老爷子阻止，还答应让他看管这个包子铺。孙二娘父亲去世后，张青果然遵守承诺留下来照顾包子铺，并且照顾孙二娘。张青认为在孙二娘父亲去世这样一个时机提出要娶孙二娘，并且照顾包子铺，他便可以美人与事业双收。然而孙二娘还是拒绝了张青的求婚，把张青给气走了。张青走之后，她的杀母仇人，也就是那个头陀出现了，而恰巧这时张青也回来了。在张青的帮助之下，孙二娘成功杀了头陀，替母亲报了仇。这之后，孙二娘便接受了张青的求婚，二人成为夫妻，共同经营他们的包子铺。

即使是在二人结为夫妻以后，包子铺的事务实际上还是由孙二娘在操持，无论是在家里、在包子铺还是在外面，孙二娘都给人一种一把手的霸气感，因此也就落下了母夜叉这样的绰号。孙二娘的包子铺不是普通的包子铺，她的包子铺是个著名的黑店，她做的是人肉包子，并且她的包子特别有名。而更巧的是，孙二娘曾经差点把武松给做成人肉包子。本来她要动手了，但一听是武松，她便停了手，并且还跟武松不打不相识，二人结下了深厚的情谊。甚至后来在帮助武松逃避刑罚的时候，孙二娘还出了一个主意，把武松打扮成了一个行者，从此这个形象就伴随了武松的一生。

孙二娘一开始不肯嫁给张青，没有听从父亲的意见，这首先说明她是一个能独立思考的女性。其次，她是一个知恩图报、有情有义的女性。她一开始不想嫁给张青是因为，她对自己心目中理想的配偶有要求，不是父亲随便找来一个人就可以结婚的，因此她拒绝了张青的前两次求婚。但孙二娘在张青第三次求婚时答应了，这是因为张青虽然总遭到孙二娘的调侃，还两度被气走，但关键时刻他回来帮孙二娘一起报了杀母之仇，孙二娘对张青是感激的，再加上张青一直没放弃对孙二娘的追求，于是二人便顺理成章成了夫妻。同时孙二娘也是一个有原则的人，她做人肉包子，可是发现对方是打虎英雄武松后她马上就住手了，这说明她虽然开黑店，但也有自己的底线，最后她还跟武松成为朋友，关键时刻还救了他，这说明孙二娘虽然看起来是母夜叉，但对待她眼中的好人是十分有情义的。

在古代题材的影视作品中总是有类似的情节：在某个偏僻且荒无人烟的地方，有一个突兀的店铺，店铺的主人往往是一位风情万种的老板娘。她看似是个普通的美女，实际上是一个专门开黑店的隐世高手。这也可谓是中国文化的特色之一，不仅在影视作品中，在现实当中也会有这样的一类女人。也就是说《水浒传》中孙二娘这类角色并不是完全虚构的，社会上必然有这种类型的女性，她们虽然性格中有仗义和豪爽的成分，但大部分时间她们看起来还是在普普通通地过日子，比如孙二娘就是在踏实地经营自家的包子铺。虽然她也想追求自己的爱情，想嫁给自己理想中的男子，但最后她还是出于现实的考虑嫁给了父亲指定的男人。孙二娘跟武松的友谊也是很值得推敲的，武松刚进孙二娘的包子铺时，孙二娘表现得很热情，这是因为孙二娘打算拿他来做人肉包子。等知道武松的身份之后她便立即住手，此后，孙二娘对武松又热情得不得了，此热情就非彼热情了。这个时候孙二娘对武松显然是有好感的，毕竟她是一个侠义女子，对于打虎英雄这样的人物不可能不喜欢，也许武松这样的人物恰好就是孙二娘的理想配偶。但实际上，假如真的有武松这样的人要娶孙二娘，孙二娘也未必会答应。因为像孙二娘这样的人，她对自己的人生很有主见，因此她绝不会轻易听从他人的意见，而当时普遍的婚姻状况都是夫唱妇随，所以孙二娘会嫁给上门女婿也是意料之中。在古代文化中，上门女婿就是有一些家庭没有儿子，就招女婿上门。孙二娘家里没有男孩，并且在母亲遇害后由父亲来抚养，所以她就长成了有着一定男孩性格的女孩，得到了母夜叉的外号。按照现代的说法，孙二娘是一个女强人。在过去，强人往往是指强盗，所以她实际上是女强人，这又呼应了她开人肉包子店的黑店老板娘身份。

从孙二娘的经历中可以看出，一个女性若是想要加入梁山好汉，想当女英雄，首先要具有男性的特质，要有男性的价值观，要有梁山好汉的一些特质。之前本书说过，孙二娘开的人肉包子铺实际上是在暗喻当时是一个人吃人的社会，而孙二娘卖人肉包子，她只是自己做来卖，而不是自己吃，就相当于是供货商，这说明她在人吃人的社会中已经脱颖而出了。她既没有被吃掉，也没有反过来去吃别人，她能在这样的社会中生存下来，并且维持着自己强悍的名声，这说明她作为一个女性已经获得了自己的一席之地。同时，在这样的社会中，即使梁山好汉们是被逼上梁山的，但他们至少在这个社会中以自己的方式生存了下来。

孙二娘这种强大的女性，是不会轻易嫁给张青这样的人的。张青一开始被孙二娘的父亲看中，想招他做上门女婿。张青被孙二娘的外表所吸引，因此对她处处讨好，但这样反而招致了孙二娘的厌恶。因为以孙二娘强悍的个性，是不吃这一套的。她和武松相反，武松耳根子软，而孙二娘是一个实在人，不吃软磨硬泡这一套，最后她嫁给张青也是因为张青在关键时刻帮了她，他在该出现的时候及时出现了，这才使得孙二娘对他的印象有所改观。所以孙二娘即使嫁给张青，也不是出于对父亲意愿的遵从，而是基于自己的意愿，因此从这个角度来看，孙二娘的婚姻其实是她自由选择的。

说到孙二娘的名号"母夜叉"，听起来是一个贬义的名字，直到现在母夜叉这个称呼都是带有侮辱性质的。但事实上孙二娘并不是一个剽悍且无恶不作的女人，她有自己的是非观念。首先她知恩图报，在张青帮她报仇后接纳了他；其次她开人肉包子店，但不是什么人都杀，像武松这样的好汉，她不但不杀他，还跟他成为朋友，在关键时刻还救了武松一命。有一个说法是，孙二娘的包子铺卖的从来都不是真正的人肉包子，人肉包子是她自己编造出来吓唬别人的。在当时的社会中，一个女子打理一个店铺是非常艰难的事情，通过编造并传播人肉包子的传言，孙二娘可以树立起自己凶恶的形象，以便在乱世生存下来。因此母夜叉这个名号颇有一点外强中干的意思，它也是孙二娘保护自己的一种手段。孙二娘虽然性格强悍，但作为一个女性，尤其是在封建社会的女性，不可能全然没有脆弱的部分，她若是真的强大到这个地步，也不会需要张青的帮助，更不会嫁给张青。因此关于孙二娘的传说更多的是一种包装，一种保护色。

讲完母夜叉的故事，下面就来分析一下母大虫的故事。

话说登州有一个酒店，突然门口来了一个人，兴冲冲地走进去，老板娘便问：你是来喝酒的还是来吃肉的？如果要赌钱就往后面走。这就是给旅客吃喝嫖赌的一个店，而这家店的主人就是母大虫——顾大嫂。来的人就是铁叫子乐和，这个乐和是登州牢房的牢头，他受了牢房的犯人所托来找母大虫。这委托他来的人就是母大虫的表兄、表弟，一个叫解珍，一个叫解宝。

解珍、解宝也是一对打虎兄弟，家中原本是猎户，因为在村里受到人家的陷害而被抓进牢房，就私下贿赂了铁叫子乐和，让他来找母大虫，说找到她就有办法，所以他就受解珍、解宝之托来到这里。顾大嫂她是一个什么样的人呢？她是一个非常非常直爽又粗暴的女人，平时有谁说话不好听惹到她了，她便会直接拍案而起，也是非常不好惹的一个人。乐和找到顾大嫂，把解珍、解宝的情况转告给了她，于是母大虫就找了她老公，老公名叫孙新。她就去问孙新，现在她的表兄弟两个人被抓到牢里，应当如何救他们？孙新先叫乐和回去好好照看二人，然后想出劫狱的办法。孙新想到这边有两个山大王，一个叫邹润，一个叫邹渊，可以请他们来帮忙，人一多力量就比较大了。母大虫认为这个主意不错，敦促孙新当晚就把二人请来，共同商量如何救自己的两位兄弟。

　　第二天，他们就把邹润、邹渊请过来了，开始商量劫狱的办法。但是孙新后来又想，如果把自己的哥哥找过来，那不是更有保障吗？孙新的哥哥是一个名号为"病尉迟"的好汉，叫作孙立。孙立按照现在的说法算是一个国家干部，他听到自己的弟弟要自己去劫狱连连拒绝，毕竟以他的身份是不可能做这种事情的。母大虫一听又发怒了，马上拍桌而起：你去不去？你不去也要去。母大虫一发威没人不怕，孙立连忙答应了。于是这就把孙立也拉下水了，几人便一起去劫狱，把母大虫的两兄弟一起救出来。结果救出来后几人无路可逃，最终就逃上了梁山。

　　在《水浒传》中，出现过并且有较多戏份的女性大约也就五六人。作为封建时代的女性，想要在社会上获得承认，必须要有十分强大的性格。作者描写到的这些女性都是十分强悍的，这是一种现实主义的描写手法，这说明在当时的社会中，只有自己强大才能获得真正的地位。这个情况放在现代社会中也一样适用，作为女性若是长期依附他人，是很难有自己的作为的。作者为什么要安排母大虫这样的角色？因为她是一个比较重感情的女人，她是非常敢作敢当、敢想敢为的一个女人，她该走就走、该劫就劫，从来不犹犹豫豫。这样的女性在当时是很少见的，所以男人们都怕她三分。而顾大嫂也确实不辜负母大虫这个名号，还真就把这个事情做起来了。所谓的母大虫就是母老虎，男人都很怕这样的女人。她说干就干，对事不对人，无论对方是谁，只要说了不合她心意的话，她当场就翻脸。从母大虫的行为中，读者可以看到一个刚烈豪爽的女性形象。虽说这样的女性一般不讨男性喜欢，但实际上，无论是扈三娘的丈夫王英、孙二娘的丈夫张青，还是母大虫的丈夫孙新，他们都没有离开这样性格刚烈的女人，反而还跟她们生活得其乐融融。他们为什么接受了这种强势的女人形象呢？这说明他们对自己配偶性格中强大的保护能力有需要。弗洛伊德认为：当女性没有成功地把丈夫也变成自己的孩子，并行使母亲的角色时，婚姻本身并不可靠。这些强悍的女性，正是凭借着自己性格中的刚强和安全感，吸引了她们的丈夫。

同时，作者创造这些与当时社会格格不入的女性角色，也是对当时社会对女性刻板要求的一种反对。当时的社会要求女性依附于丈夫，依附于家庭，所谓女子无才便是德，这种要求削弱了女性的社会形象，而作者通过塑造这种强大的女性形象，表达了自己对当时男尊女卑的社会的不满。本章已经分析过了孙二娘和顾大嫂，那么接下来就要分析扈三娘这个角色了。扈三娘的地位比前两位还要高，属于女中豪杰这一类。

扈三娘攻打祝家庄的时候，跟王英交手，王英的眼睛老不往该看的地方看，当时扈三娘心里思量：这厮无理。王英当时使的是枪，而扈三娘使的是双刀。结果一看到扈三娘之后，他的枪法就乱了，结果就变成了扈三娘的俘虏。扈三娘是被豹子头林冲抓住的，在林冲赶过来之前，扈三娘还在追赶宋江，连宋江都差一点被她逮了。所以从这一方面看，扈三娘的武艺是很出色的，最后扈三娘是敌不过林冲才被抓住。抓过来以后，宋江寻思了一下，想着扈三娘有这本事打败王英，是一名出色的女将。宋江也爱才，于是便交代了一二十个老成的手下把她送回梁山泊，交给宋太公看管。后来，宋江找了一个吉日，请了自己的父亲宋太公，在没有给扈三娘思索的机会的情况下就告诉她：今天就是良辰吉日，你和矮脚虎王英结为夫妇，我的父亲将认你作义女，如此便促成了扈三娘和王英的姻缘。

　　从这个故事来看，扈三娘其实也是被坑的，在整个事件中根本没有商量的余地，而扈家庄也是被梁山的贼寇血洗的，包括她的父亲以及其他家人，只有哥哥扈成一个人逃脱了。扈三娘在这么短的时间内就接受了安排，嫁给了自己的敌人，这也说明她的性格中多少还是存在着一些逆来顺受的特质。作者并没有着力于细致地描写扈三娘心理转化的过程。扈三娘在短短的时间之内就经历了家破人亡，而且又成为阶下囚，虽然被宋太公认作义女，也成了一名女首领，但从整个故事的发展还是可以看出，即使是像扈三娘这样的女强人，对自己的婚姻大事还是没有决定权的，她就这样被许配给了矮脚虎王英。这二人虽然结为夫妇，但王英这个人还是色心不改，后来与邬梨他们对仗，邬梨有个义女叫作琼英，王英也是见色起意，见了琼英之后就在打歹主意，结果脚就被琼英戳了一枪。所以从这个故事中可以看出，王英虽然是娶了貌美如花的一丈青扈三娘，但始终还是保留着他好色的恶习。所以扈三娘和王英的婚姻从现在来看是否真的幸福，还有待考量。但无论如何，嫁给一个好色的男人，总好过嫁给一个无能的男人。即使扈三娘已经是一位女中豪杰，但她在面对逆境时选择了顺从，面对婚姻无从做主，最后被强许给王英，而且扈三娘嫁给王英之后从一而终，夫妻二人最后是在征方腊的时候一起战死的。那么也就是说，虽然作者试图塑造一些与众不同的女性形象，但这些违抗当时社会要求的女性的下场总是令人扼腕，因此读者可以看出，在封建社会，女性要有自己的个性是得付出很大代价的。

其实不光是扈三娘，还有顾大嫂、孙二娘她们，也是看似掌控了自己的命运，但实际上还是受制于当时的社会环境。作为在封建文化环境下成长起来的女人，必然还是会受到封建文化的影响。封建社会对女性的要求是大门不出，二门不迈，媒妁之言，父母之命，然后相夫教子，过着平淡的日子，这个是她们的最高追求，而不是开黑店、卖人肉包子，也不是要去搞什么吃喝嫖赌旅店，更不用说征战沙场了。当然不仅是这三名女性，实际上所有梁山的人物都是悲剧性的。这个悲剧要从农民起义军的视角来分析，他们没有成功，这是悲剧；从封建社会官逼民反的角度来看，背后的大环境是悲剧的根源；按照人格心理学的角度来说，他们的失败是由于自己性格中的缺陷。其实面对当时恶劣的大环境，他们本可以随遇而安，灵活地应对，但是他们没有这样做。如果我们要分上中下策的话，那么最下策是死，即一死了之。比死高明一点的就是同，也就是和蔡京、高俅、童贯等人为伍，欺压百姓、鱼肉乡里。再高一个层次是顺，就是做一个顺民，逆来顺受，这也是另一种随遇而安。

被杨志杀死的牛二，一开始在街上欺行霸市的时候，人们跑去县衙里告状，县官说："咱们这个地方是京城，大官多如牛毛，牛二就是和牛毛有关系的人，我今天把他捉了，明天有人打招呼我又要把他放了，这样子下来我也没意思，你们也没有意思，不如还是回去好好地躲避着他，惹不起还躲不起吗？"这些老百姓听后无法，只得悻悻地回去了。结果看见牛二还在那安稳地睡着觉。牛二得意扬扬地说："告状的回来了？"他就是吃准了这帮告状的平民百姓都是逆来顺受的，是随遇而安的。这里县官和老百姓是一种被动的生活状态，奉行的是能忍则忍的生活哲学，也就是我们说的顺民。

跟着强盗去打家劫舍，杀人放火做强盗，或者更大范围讲是做社会的强盗，靠鱼肉他人保证自身的存活，这是同，是较低层次的生活选择。做顺民这就高一层次，再高一个层次是什么？是抗争吗？拼个鱼死网破，这并不是生存的哲学。再高一层次应该是逃。

另外有一种选择是归隐。不同历史时期都会有人因为时事所不容而选择归隐山野。像庄子、老子都是归隐的，那时候道家的盛行，是有现实社会大背景的基础的。这在当时可以称为上策。那么梁山好汉选择的是什么呢？他们还没有做到上策，但又不愿意选择下策，而是夹在两者之间无奈地挣扎。他们没有逃，也没有顺，他们先选择了反，即造反，然后又选择了安，被招安。死、同、顺、逃、反、安、隐，这是在乱世中的七种生存选择。隐是最高层次，安则在隐之下，安是一种光鲜的妥协，而隐是更坚持自我的活法。

面对社会大的环境，什么样性格的人才能够做到上策呢？积极、善良的人。我们不能改变外部的现实世界，但我们可以改变自己、调整自己，这也是不得了的。比如梁山好汉中最后有人不就是隐了吗？从这个角度讲，鲁智深是最高境界。燕青是隐了，武松是走了。所以我说这个上梁山看似是积极的，实际上是消极的，相对来说是中上策，而不是上上策。他们在中上策的探索过程中，再进一步寻找适合自己的人生选择，最终有人找到真正能自我实现的人生道路。

从一开始梁山好汉忠义堂成立的时候，他们的口号已经决定了他们命运。口号是什么呢？替天行道。替天行道作为一个革命或是起义的口号，完全不符合走向成功的路线规划。就像唐朝的黄巢说"我花开后百花杀""满城尽带黄金甲"，黄巢有这种气概，这正是梁山好汉缺的气概。"替天行道"这个口号，注定了他们不能成功，因为"天"实际是"天子"，"替天行道"也是替皇上卖命，这是他们的终极目标，他们的出发点就是等待着被招安，等待政府来收买，以这一目标为前提的"造反"，是不可能成功的。

再说回我们本章说的这三个女人，说来说去，又莫名呈现出悲情来。我们发现在大时代面前，个人的力量实在很微弱。

那我们能选择的是什么呢？是我们心灵的自由。我们能随遇而安，这也是作为人真正强大之处，而不是一定要改变多少现实。

第十九章
李逵的天真与无知

　　最后一章，让我们来谈谈李逵。李逵到底是一个什么的人呢？大约每个人心中都有一个李逵的形象。有人觉得他"简单、粗暴"，有人觉得他"莽撞、耿直"，有人觉得他"妈宝男"，当然也有人认为他"孝顺，他是真孝顺"。还有人觉得他太粗枝大叶，不拘小节了。做一个比较的话，实际上在我们的四大名著中，另外还有一个粗鲁的人，就是三国里的张飞。在很多评论中，把张飞跟李逵做比较的时候，好像一边倒的倾向于张飞，张飞可能比李逵又多了一点点的聪明劲，而李逵就被完全描绘成了一个"愣头青""黑大傻"。

　　在水浒里面，他是杀老虎最多的一个英雄。但他没有主心骨，他的生和死都是由宋江来决定的。相信宋江，因此想都没想，就把毒酒喝了。有人说那是因为他不知道酒里有毒，如果他提前知道了，他才不会喝。那在讨论这个问题之前，我们来做个假设：你觉得如果宋江告诉他酒里有毒，他会不会喝？根据对这个人物的分析，可以推测，他可能会犹豫，但是最后还是会喝。他的江湖义气让他不可能不喝。这也能解释，为何后面吴用和花荣会在他们两个人的坟前上吊自尽，都是为了江湖义气。所以老实说，水浒里面的这些人都是悲情人物。说李逵，他其实也闯了好多次祸的。跟燕青去打擂的时候，就是因为他暴露了身份，结果本来好端端的擂台打下来了，赢了，但人家认得他是梁山泊的人，他应该算是梁山泊贼寇里面最容易认得出的，张榜就来抓人。整个水浒故事线中江湖义气是贯穿始终的。好多人为什么会受牵连、受影响？都是因为江湖义气导致的。

我们来说一说这个江湖义气，它为什么会存在？人类在进化的过程中，需要一些群体的功能，群体的功能就是社会功能。比如人类要进化出交往的能力，交往的能力可以让人与他人建立连接、建立社会互动，再进一步进化成更规范的社会制度。社会的制度比如说有阶级，而夏商时代就开始有国王，就是一些土著的国王管理，这都是我们自身慢慢依靠生理上的基因进化出的功能，进而作用于社会生活中。

我们要和其他人合作，就会进化出便于与他人合作的语言，比如说打招呼。动物也是如此，比如海豚，它们也能进化出相互发号施令，围堵一个鱼群的能力。如果它们不能进化出这个能力，它们的生存就得不到保障。进化是为什么服务的呢？为生存服务、为繁衍服务。这就是进化心理学的视角。慢慢就进化出一些基本的社会功能，最终推动文化的形成。文化形成也是为生存和发展服务的。群体多了，人多了，就会为了利益彼此斗争，甚至发生大规模的战争。一个地区的人多了，要想得以不断地生息繁衍，就需要保护自己的家族、种族。这就有了我们中国传统文化中的五伦、五福。因为血缘关系的存在，人们倾向于保护基因相同体，而杀掉别的基因。所以在进化中就有排他性。在社会层面也是排他的，其他的群体就要被消灭。这样就形成了一个群体的排他模式和相容模式。

　　有的地区人是相对固定的。可能几百年都是这个家族、这个种族在这里。有的地区却没有这么幸运，会因为战争、斗争、饥荒大量死人，会让祖辈生存的地方不再适合生存，为了活下去，大家不得不背井离乡，流亡、逃荒，去找新的栖息地。这种情况发生之后，在一个新的生存地带，就会有一批来自四面八方的人，比如在黄河边、长江边上，有几家人，这个来自山西、那个来自山东、另一个来自四川……他们都需要在这个地方重新生存下去。他们有完全不同的祖先，没有血缘关系，他们是完全不同的姓氏。然而，他们都需要在这个新的地方生存下去。原本家族内部是依靠血缘相互维系，在这个时候就会进一步进化，演变为没有血缘的异姓同盟，之后彼此像有血缘关系的兄弟姐妹一般，相互扶持，共同进退。在中原地带，在山东、河南、安徽、江苏北部等地方，在平原地带，人员的流动性更大。河南光山林氏，祖上从河南迁徙到了广东，从广东又到了福建、到了马来西亚，福州闽侯一带现在他们的门楣上还写着祖上是河南光山林氏。但他们去河南光山找自己的祖先，却一个姓林的都找不到了。为什么？因为那里是平原地带，流动性更大，原住民早就冲散了，早就被更迭替代了。在这些更迭更快的地方，依靠什么来维持相互的关系，实现相互扶持呢？就是江湖文化。江湖义气就是在伦理被破坏之后，维持人际关系的必然替代。

为什么这么多的人结成异姓的兄弟呢？他们有血缘的家族去哪里了？只提宋江的爹老太公，只提宋江的弟弟宋清，为什么不提宋江的二大爷呢？他既然四代在这里，为何不提呢？说明在民不聊生的社会中，婚姻制度被冲破，社会的家族制度也被严重破坏。也许是因为打仗，也许是因为农民造反，也许是被饿死，各类天灾人祸，能轻易要了平民百姓的命。人口在不断下降，随时谁都可以把另一个人杀掉，这就是乱世的可怕之处。人少了，社会宗族也维持不下去了，原来的制度，原来的血缘，原来抱团取暖、相互扶持的模式，都不管用了。要继续生存下去怎么办？彼此没有血缘关系，万一有别人欺负我们，怎么办？结拜。结拜成异性兄弟之后，彼此便结成新的同盟，可以一致对外，相互保护。结拜的文化、结盟的文化，就是从平原地区、江河地区，演变发展而来的。江湖文化是进化而来的，这种文化是保命的，是使生命得以存续的原始命题。宋江深谙此道，同时也发自内心地认同江湖文化，因此，只要时机合适，人物合适，他都会积极跟别人结拜。

李逵更是如此，为了江湖义气，他可以义无反顾地去死。

李逵也属于悲剧人物。他是一个没有价值观的人，没有主见的人，不清楚自己的人生方向。宋江活得很明白，他打从心底里希望被招安，他希望忠精报国，他忠于天子，忠于朝廷，他希望通过大众认可的道路实现自己的人生价值。像卢俊义、杨志这些人，他们是希望自己能光宗耀祖，能家族兴旺。他们都有目标，做每一件事都是努力朝着自己的目标去迈进。李逵不同，他自始至终没有一个自己认同的价值观，他的一切行为，都是受宋江的影响。说得极端一些，就是受宋江的掌控。他没有主动去判断哪条路是自己喜欢的，是自己想走的，他只能跟着别人走，即使因此赔上了性命，他也还是糊里糊涂的。

为什么他会完全受宋江的影响？这跟他的成长背景有关。

他只有一个老母亲。一个老母亲撑起的家必然是风雨飘摇，非常不稳固的。在他眼中，梁山就相当于他的家，梁山兄弟就是他的兄弟，为了家人卖命，为了家人赴汤蹈火，都是应该的。他一路跟着梁山兄弟，他打从心底里不希望被招安，被招安之后，其他人都有着落了，但他却找不到属于自己的家了。李逵最缺的东西就是三个字"社会化"，他社会化程度太低。如果他上了小学，他就知道仁义廉耻，一旦知道仁义廉耻，他就有社会规范意识、就有自我约束能力，就知道什么该做，什么不该做。他如果上了中学，他可能就会有属于自己的价值观，也更懂得为人处世的哲学。就算他没有上学，要是他家里有爹、哥哥、叔叔或者大爷带着他教他，带他去打猎、带他去赶集、带他去种地，他也能够知道人情世故。遗憾的是，这些社会化的机会他都没有。他只能凭自己的兴趣到处玩，到处逛，学习一些生存技能和社交技巧，当然，也就顺带学会很多社会不良习气，这些能让他生存下来，不被欺负，让他获得保护。他第一次见宋江，是怎样的情形呢？他是欠了人家的银子不还，想赖账，就跑。逃跑还去抢人家的鱼，结果碰到张顺，就把他弄到江里喝了一口水。从这个过程中就能看出，他的处世哲学是什么：我想要就要，管你什么鸟，管你有主人没主人。我欠了钱，我还理所当然地赖账，我还要赌博，赌输了也赖账，不给人家钱。总之就是怎么无赖怎么来。他这些方式背后透着天真，但是天真的背后实际上就是没有教化，没有社会化。他没有社会化，他需要有一个人带领着，给他指明方向，于是他找到了一个大哥。所有这一类的人物都会和另一种人相见恨晚，进而组成黄金搭档，像张飞和刘备，牛皋和岳飞，孟良和杨六郎。所有的莽汉都有一个大哥，而且这个大哥往往都是有理想、有出息的，能够引领他们方向的人。

岳飞、杨六郎、刘备，都有这么一个兄弟，一个横冲直撞，基本没有经历过社会化的兄弟，所谓一物降一物。莽汉就要有一个大哥，来使他的人生完整，帮助他找寻到生命的意义。无论他面对别人多么无赖、蛮不讲理，对于这个大哥他们就是说不出一个"不"字，他们像孩子对父母般的言听计从，亦步亦趋。这在心理学上叫作移情。大哥就是他们生命中缺失的父性的代表，是父权的象征，代表父性对他的领导。他们享受这样的领导，为了获得这样的关系，完全忠实于自己的父性客体，他甘愿赴汤蹈火，献出生命眼睛都不会眨一下。所以就有了我们看到的，李逵一听说对方是宋江，"你就是及时雨宋江！"立马扑通一声倒头就拜，并做出承诺：从此以后就跟着你了，生一块儿死一块儿。四处游荡，完全没有定性的他，真的做到了，哥哥让我去哪我就去哪，哥哥让我杀谁我就杀谁，哥哥让我死我就死。在这个世界里，他其实不惜命，甚至不惜任何东西，哥哥都走了，他就是个被抛弃的孩子，一无所有，生命对他而言也毫无意义。

　　他是一个父性客体严重缺少的可悲之人。往深一层讲，他没有社会意识，没有规则意识，不知天高地厚。他也不是讲义气，他连什么是兄弟义气大约都还没完全理解。他根本不管什么鸟义气，他第一考虑的是自己，第二是大哥，除此之外，通通都是粪土。为什么先是自己呢？这源于人的本性。所有的文化和社会教化都是跟本性做斗争的，他没有社会教化，所以完全依靠本性为人处世。我要喝酒，大哥不让我喝，我就不喝了吗？当然不是，我就偷着喝，能喝到酒才是最爽的，最满足内心需要的事情。我要去赶集、要上京城，大哥不让我去，我还是要想办法偷着去，最后是满足了谁？满足了我，所以大哥不是第一重要的。是本能在驱使他，他没有受过社会化的约束，他是本我在操纵，而不是社会的我、道德的我在操纵。因此他是一个积极人物，就是他随便砍人，杀了无辜，乱来一气，害了亲生母亲，做了很多错事，可是他的积极性就在于他所有行为都不用心的，都是他的本能使然。如何看出他不用心？最明显的一点是他在老母亲这件事的处理上。李逵是一个孝顺儿子吗？这一点我觉得他不够格。为什么不够格？李逵的妈是一个失明的老太太，失明的老太太谁来照顾？他每天每夜都在外边疯玩，老母亲只能天天在家里念叨："我们铁牛没犯事，为什么这么多天不回来？"实际上让母亲很不省心，很担心，他没做到孝顺儿子的本分。

　　他母亲被老虎吃掉的原因是什么？他回到了老家，他要背着他老娘上梁山一块儿享福去。他是抱着这样的初衷，看似非常善良，无比孝顺的初衷。而实际上他只是赶时髦，他是小孩子般的有样学样。他看见大哥把宋太公接回来了，其他兄弟也把家人接来了，把家人接上梁山享福成了一时风气。不这样做，自己就显得有点格格不入。他不想他老母亲，老母亲只能排第三，他排第一，大哥排第二。他就看到别人的做法，心想："我得赶紧把家里老娘接过来。"这也算是他主动地学习。这也可以算是宋江对他的教化的一部分。遗憾的是，宋江只叫他回去把老娘接来享福，没有告诉他路上要注意点，要小心老虎，注意安全。他没有方法，完全是想当然地去做，想起来一出是一出，最后造成自己的老母亲被老虎吃掉的悲剧。

他可爱之处就在于他未知、无知、天真，他可恨之处就在于他乱来一气，没有教化，没有章法。在我们现在的社会当中，就有类似的人，他们好像生下来之后被父母抚养到三五岁，而后十几年的时间里边，他们就只长了身体，社会化程度却一点都没有变化。其间他们只是按部就班地上学，不跟任何人来往，没有学会任何的社会交往，也没有家人教育他们人情世故，社会规则，他们好像过着与世隔绝的生活。其实就是情商太低，不懂如何为人处世。他的情商，在这十几年中，停止了成长。

这就是李逵，他和鲁智深有相似的地方，他们一样的天真、直接、鲁莽。但鲁智深受过社会教化，还是个提辖，他能当上官，相当于现代的治安大队队长。他如何能做到这样的高度，最终获得体制的认可？因为他受过正规的社会教育。难能可贵的是，鲁智深受到了社会教育，竟然没丢掉自己的真。李逵没有机会在接受社会教育的时候，去整合自己本性中的真，去选择适合自己的道路，这是他人生可悲和遗憾之处。

话分两头，我们来讲一个现代的故事，新中国成立后有一次超规格葬礼，周恩来总理亲自为他扶棺，他是谁？他就是杨立三将军。为何他能受到如此礼遇？他对于周总理而言，是恩人，是贵人。红军过草地的时候，周恩来刚刚大病脱险，走不了路。彭德怀断然决定："抬！宁可把装备丢掉一些，也要把周副主席抬出草地！"他交代军团参谋长萧劲光负责组织担架队。杨立三深知，保证周恩来的绝对安全，是中国革命全局的需要，也要求参加担架队。彭德怀拗不过他："好吧，你负责！找副好担架，找几个可靠的人！"整整六天六夜，杨立三寸步没离周恩来，双肩都磨破了，在草地高原缺氧、随处都有沼泽地的异常艰险环境中和只有草根树皮充饥的情况下，硬是把未来的共和国总理周恩来，安全抬出了这片"死亡之海"。刚走出草地，杨立三自己便累病倒下。1954 年，杨立三因病去世，国家为其举行超规格的葬礼，追悼会结束之后，周恩来坚持要为他抬棺送葬："我们共产党人是无神论者，但不是无情论者，是杨立三把我从鬼门关抬出来的，我现在不送他一程，死人也会说话的……"周恩来亲自执绋到西郊八宝山。

我为什么要讲这个故事呢？人一生中都会有生命中的贵人。那么李逵呢？宋江是他的贵人吗？从江湖义气的角度来讲，宋江肯定是他的贵人。遇到宋江之后，他才第一次享受了做人、做一个社会人的滋味。没遇到宋江之前，他还不能算是一个真正意义上的人。他就跟动物一样，吃了睡、睡了吃，耍耍钱、搞搞流氓。他不思考人生的意义，也不考虑未来，每日得过且过。某一天死在路边，大约他的一生也就这样籍籍无名地终结了。遇到大哥之后，他也有了理想，虽然这个理想他不怎么懂，可他不管这么多，反正大哥去哪里，我就去哪里。上梁山之后，他有了很多兄弟，不是之前的酒肉朋友，是真正的生死兄弟，大家有共同的目标和理想，他找到了归属感，这是一种社会的归属感。他的归属感是可贵的，你说他能不为这个死吗？我大哥都死了，我还活着干什么？一旦尝到了做人的滋味，获得过爱和归属感，就无法再像之前一样孤独、混沌地活着了。再回到以前行尸走肉，动物一般的生活状态，他宁愿追随大哥，结束生命。由此可见，宋江绝对算得上是他的贵人，带他体验了人间烟花，人情冷暖，让他不枉来人间走一遭。

不同的人看水浒，对水浒的认知完全不一样，不同时代的人点评也不同，每一个人又有自己的人物偏好。有人就把李逵说成是一流人物。另外又有人说，李逵为了试验一下自己的斧子，他要劈死一个小孩子，他完全是杀人不眨眼，可恶至极。也有人把林冲看成一等一的英雄，但我们就觉得林冲懦弱、隐忍，没有担当。我要把鲁智深作为第一等人，因为在我的心理咨询实践中，在我经营自己的生活关系的过程中，我发现，在真诚、勇气、善良、创造、宽容、尊重、学习、进取、勤奋这些积极品质中，我会把真诚排第一位。不怕千招会，就怕一招精，你出各种拳路，我就一招真诚拳，就能克敌制胜。人人都需要这个品质，这个真诚就是直，直恰好是鲁智深所具备的最宝贵的品质，这个品质也让他最终坐化，真正成了佛。

我们要避免走人类历史中一些已经走过的老路、犯过的错误，我们分析《水浒传》是为了以史为鉴，为了成为一个更好的人，度过更有意义的人生。作为一个人来说，我们必须培养良好的积极心理品质，这是一个人立于世间的金字招牌。每一个人都有属于自己的金字招牌，真诚、善良、无畏、勇敢……无论哪一个，每一个人都需要擦亮自己最有特色的那一块。禅宗中讲"身是菩提树，心如明镜台。时时勤拂拭，莫使惹尘埃。"这是禅宗的讲法，换到人格心理学的角度也同样说得通。人人有好品质，那就时时勤拂拭，莫使惹尘埃。擦亮我们的金字招牌，就像一个相声演员，每天琢磨自己的包袱，什么时候站在舞台上，用什么动作，两个人怎么去说，才能让别人笑？有了这个包袱，你就可以站在舞台上，让别人因为你而欢笑。我们一个人站在人生的舞台上，我们的金字招牌就是我们人格的闪光点。从擦亮一个到擦亮几个，最后满天星光。

《水浒传》中的英雄是不是英雄？他们是英雄，他们是那个时代的英雄，可叹的是他们没有成为大英雄，为什么？他们的积极心理品质不够亮、不够多。宋江想做三全其美的人，他却没有一块金字招牌，他想百事周全，人人夸赞，结果什么都没有处理好，他变成了争议人物。林冲如果能够让勇气跟他的武艺一样高，也就没有了悲悲切切的际遇。有一块真诚招牌的鲁智深，有一块真挚招牌的仁义小乙，都被我们记住。所以还是要打磨自己。打磨好自己，任外界的环境风霜雨雪、世事变化，时时勤拂拭，莫使惹尘埃。

在今天，我们应当怎样去锻炼我们良好的品格？回归到儒家的一句话，便是"一日三省吾身"，心理学跟我们的儒家思想，还有我们的传统文化息息相关，可以从中去学习，提升我们的生活品质。鲁智深是我最欣赏的水浒人物，从他的身上我感悟良多。平时人不舒服，生病了或者生气了，旁人一般都劝慰"不要想那么多"。是哪方面不要想那么多？我想可能就要学一学鲁智深，简单一点、纯粹一点，不要想那么多名利、得失的东西。另外，要知行合一，抓住机会，遵从自己的内心，说行动就行动，不要瞻前顾后，顾虑太多，反而失去了机会。再一点就是随遇而安的心态。活在当下，就是时时刻刻跟自己在一起，和周围的环境在一起，能适应环境的变化，这样对于实现人生价值、对于身体健康都是有好处的。